PERDOA-ME POR ME TRAÍRES

NELSON RODRIGUES

PERDOA-ME POR ME TRAÍRES

Tragédia em três atos
1957

Posfácio:
Victor H.A. Pereira

3ª edição

EDITORA
NOVA
FRONTEIRA

Copyright © 1957 by Espólio de Nelson Falcão Rodrigues

Direitos de edição da obra em língua portuguesa no Brasil adquiridos pela EDITORA NOVA FRONTEIRA PARTICIPAÇÕES S.A. Todos os direitos reservados. Nenhuma parte desta obra pode ser apropriada e estocada em sistema de banco de dados ou processo similar, em qualquer forma ou meio, seja eletrônico, de fotocópia, gravação etc., sem a permissão do detentor do copirraite.

EDITORA NOVA FRONTEIRA PARTICIPAÇÕES S.A.
Rua Candelária, 60 — 7º andar — Centro — 20091-020
Rio de Janeiro — RJ — Brasil
Tel.: (21) 3882-8200

CIP-BRASIL. CATALOGAÇÃO NA PUBLICAÇÃO.
SINDICATO NACIONAL DOS EDITORES DE LIVROS, RJ.
___

R614p
3 ed.
    Rodrigues, Nelson, 1912-1980
    Perdoa-me por traíres : tragédia em três atos / Nelson Rodrigues. [posfácio Victor H. A. Pereira]- 3. ed. - Rio de Janeiro : Nova Fronteira, 2021.
    128 p. ; 21 cm.
    ISBN 9786556400556

    1. Teatro brasileiro. I. Pereira, Victor H. A. II. Título.

20-63299   CDD: 869.2
                                                         CDU: 82-2(81)
Meri Gleice Rodrigues de Souza - Bibliotecária CRB-7/6439

SUMÁRIO

Programa de estreia da peça 7
Personagens 9
Primeiro ato 11
Segundo ato 43
Terceiro ato 83

Posfácio 107
Sobre o autor 117
Créditos das imagens 123

Programa de estreia de PERDOA-ME POR ME TRAÍRES, apresentada no Teatro Municipal, Rio de Janeiro, em 19 de junho de 1957.

Glaucio Gill apresenta

PERDOA-ME POR ME TRAÍRES

de Nelson Rodrigues

Personagens por ordem de entrada em cena:

NAIR	Yara Texler
GLORINHA	Dalia Palma
POLA NEGRI	Mauricio Loyola
MADAME LUBA	Sonia Oiticica
DR. JUBILEU DE ALMEIDA	Abdias do Nascimento
ENFERMEIRA	Lea Garcia
MÉDICO	Roberto Batalin
TIA ODETE	Sonia Oiticica
CECI	Mara de Carlo
CRISTINA	Maria Amélia
TIO RAUL	Nelson Rodrigues
GILBERTO	Glaucio Gill

JUDITE	Maria de Nazareth
MÃE	Sonia Oiticica
PRIMEIRO IRMÃO	Weber de Moraes
SEGUNDO IRMÃO	Namir Cury

Direção de Leo Jusi
Cenário de Claudio Moura

PERSONAGENS

Nair
Glorinha
Pola Negri
madame Luba
deputado Jubileu de Almeida
médico
enfermeira
tio Raul
Gilberto
tia Odete
Ceci
Cristina
Judite
mãe
irmãos

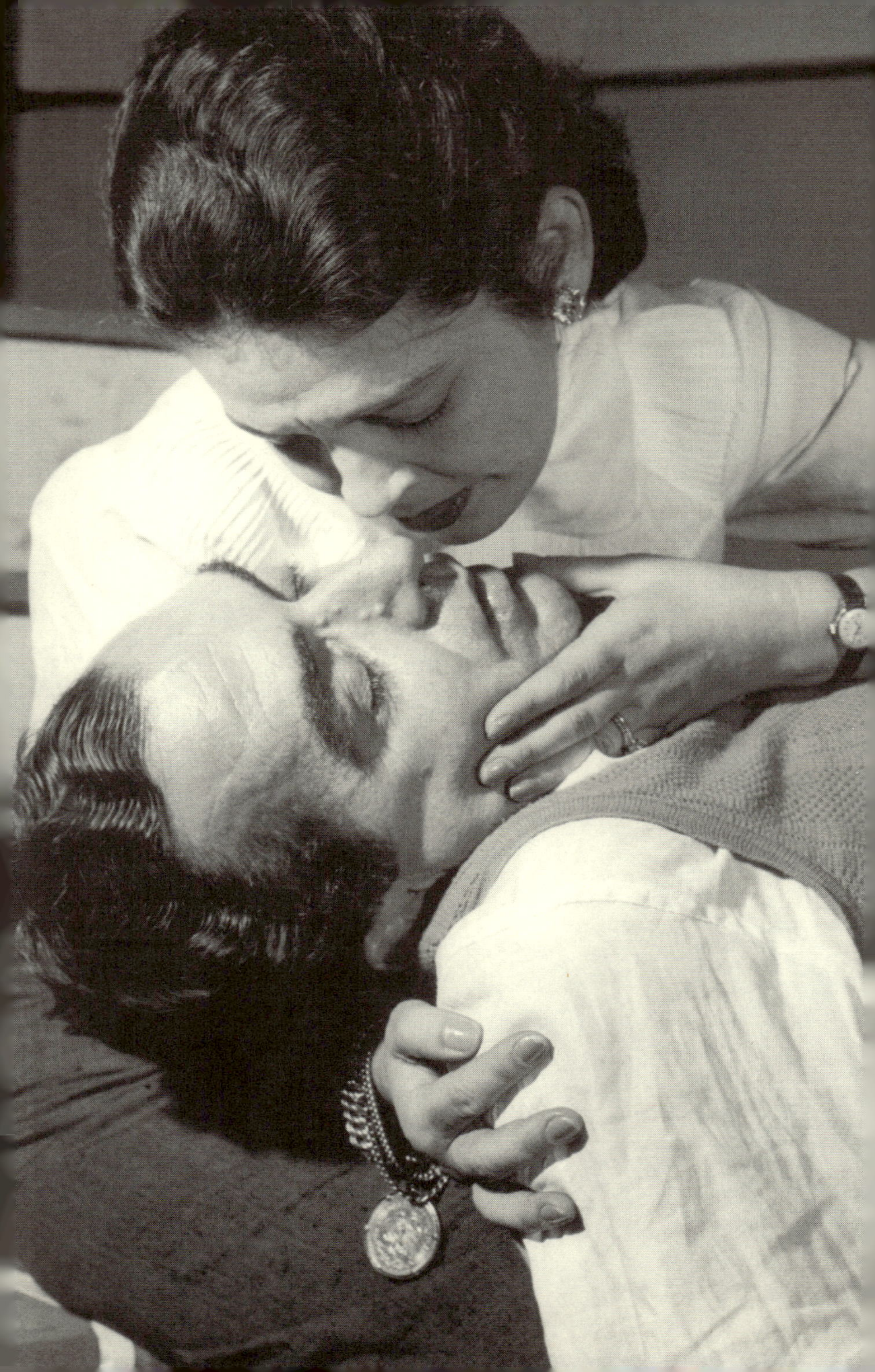

PRIMEIRO ATO

(Nair e Glorinha estão na porta de madame Luba, ambas vestidas de colegiais, uniforme cáqui, meias curtas, cabelo rabo de cavalo, pasta debaixo do braço. Glorinha vacila e a outra insiste.)

NAIR — Vem ou não vem?

GLORINHA — Tenho medo!

NAIR — De quem, carambolas! Medo de quê?

GLORINHA *(suspirando)* — De algum bode.

NAIR — Já começa você. Que bode?

GLORINHA — Sei lá! *(mudando de tom)* E se o meu tio sabe?

NAIR — Espia: não foi você mesma, criatura, que me pediu pra te trazer?

GLORINHA — Pedi, mas... É o tal negócio. Você não conhece meu tio.

NAIR — Conheço, até de sobra!

GLORINHA — Duvido! Não te contei...

NAIR — Um chato!

GLORINHA — ...te contei que, outro dia, só porque cheguei atrasada uma meia hora, ou nem isso, uns 15 minutos, talvez — ele me deu uma surra tremenda? E disse mais: que na próxima vez me mata e mata mesmo!

NAIR — Conversa! Conversa!

GLORINHA — Pois sim! Eu que não abra o olho!

NAIR — Mas ele não vai saber! Saber como? *(baixa a voz)* Só essa vez, está bem?

GLORINHA *(tentada)* — Vontade eu tenho, te juro!

NAIR — Faz, então, o seguinte, olha: tu entras um instantinho só. Eu te apresento a madame Luba, que é lituana, mas uma simpatia!

GLORINHA — E que mais?

NAIR — Tu dizes que, infelizmente, não podes por isso, por aquilo, inventa uma desculpa. E cai fora... Mas se não fores, quem fica mal sou eu, porque prometi, batata, que te levava!

GLORINHA — Eu vou, mas fica sabendo: não me demoro nadinha!

NAIR — Você não sabe o que quer, puxa!

(*Nair e Glorinha na sala de madame Luba. Em cena, Pola Negri, garçom típico de mulheres. Na sua frenética volubilidade, ele não para. Desgrenha-se, espreguiça-se, boceja, estira as pernas, abre os braços.*)

POLA NEGRI — Salve ela!

NAIR (*para Glorinha*) — Esse aqui é o Pola Negri, liga pra chuchu! Um número!

GLORINHA (*atônita*) — Muito prazer.

POLA NEGRI (*para Nair*) — É essa? (*gira em torno da espantada Glorinha*)

NAIR — Dá tua opinião.

POLA NEGRI — Legal!

NAIR — Não é?

POLA NEGRI (*cutuca Nair*) — Madame deve estar estourando por aí. (*sem transição, para Glorinha*) Manequim 42.

GLORINHA (*intimidada*) — Exato.

POLA NEGRI (*para Nair*) — Sou batata!

NAIR — Eu tenho mais quadris!

POLA NEGRI — Idade, mais ou menos, uns 17.

NAIR — Quase!

GLORINHA — Dezesseis.

POLA NEGRI — Melhorou. Assim é que é bom: 16, 15, 14... (*sem transição, para Glorinha*) Nervosa?

GLORINHA	*(fora de si)* — Mais ou menos.
NAIR	— Uma pilha.
POLA NEGRI	*(otimista)* — Mas passa.
NAIR	— Questão de hábito.
GLORINHA	*(para Pola Negri)* — É que estamos com pressa... Você fica? Vou-me embora, Nair!
NAIR	*(autoritária)* — Sossega o periquito! Primeiro fala com madame Luba!
GLORINHA	— Meu tio me mata!
POLA NEGRI	— Pronto, aí vem madame!

(Madame Luba é uma senhora gorda, imensa, anda gemendo e arrastando os chinelos. Dá a impressão de um sórdido desmazelo.)

MADAME LUBA	*(melíflua)* — Como vai, Nair? Como está passando? *(fala com Nair mas não tira os olhos de Glorinha)*
NAIR	— Bem. E a senhora?
MADAME LUBA	*(com violento sotaque)* — Eu sempre vou muito bem, nunca ter uma dor de dentes...
NAIR	— Trouxe-lhe aqui...
MADAME LUBA	— Oh, sim, seu colega de colégio, Glorinha!
GLORINHA	*(em brasas)* — Estou abafada, madame!

NAIR
: *(falando quase simultaneamente)* — Está com chove não molha!

MADAME LUBA
: *(a Glorinha)* — Sem motivo, não há motivo. Cadeiras, Pola Negri! Oh, por que não sentam? Eu não quer cerimônia no meu casa. Pola Negri traz biscoitos, licorzinho! *(para Glorinha)* Eu podia ser seu mãe!

GLORINHA
: — Eu tenho que ir, madame! Estão me esperando... Nair me falou, agradeço muito, mas é que eu não posso, infelizmente...

NAIR
: *(para madame)* — Ela quer, depois não quer! *(para Glorinha)* Parei contigo!

MADAME LUBA
: — Eu compreendo, mas não precisa ficar nervosa... Não é bicho de sete cabeças... E tome seu licorzinho... Eu não obriga ninguém... No meu casa tudo espontâneo...

GLORINHA
: *(põe o cálice em qualquer lugar)* — Então, já vou, sim?

MADAME LUBA
: *(levantando-se)* — Um momento!

GLORINHA
: *(perturbada)* — Imagine se meu tio sabe que fiz gazeta!

MADAME LUBA
: — Gazeta não ter importância...

GLORINHA
: — Não posso, madame!

MADAME LUBA
: *(erguendo a voz com inesperada autoridade)* — Senta, menina! Você fedelha, eu não ser criança!

GLORINHA (*numa explosão*) — E se a polícia entra aqui?... Se leva todo mundo e se, depois, meu tio vai me buscar no distrito?... Madame, meu tio me mata a pauladas, juro à senhora! (*rebenta em soluços*)

POLA NEGRI — A polícia aqui não pia!

MADAME LUBA — A polícia está no meu mão! Eu tomei meus providências! Pola Negri, conta ela o meu esperteza!

(*Glorinha chora.*)

NAIR (*furiosa*) — Sua burra, vê se, pelo menos, escuta!

GLORINHA (*para Nair, num repente*) — Você me paga!

POLA NEGRI (*começa a falar com grandes atitudes, rasgando gestos imensos, com mil e uma inflexões*) — O negócio é cem por cento. Presta atenção e vê como madame Luba soube craniar o troço. Em primeiro lugar, aqui só entra deputado, quer dizer, freguês com imunidades. Te pergunto — a polícia vai prender um deputado? Com que roupa? E, além disso, isso aqui não é casa de mulheres araqueadas. Só trabalhamos com meninas, de 15, 16 e até 14, de família batata!

MADAME LUBA	— Viu?
POLA NEGRI	*(cínico)* — Por exemplo: tu, o teu caso!
GLORINHA	— Eu?
POLA NEGRI	— És de família ou não és?
GLORINHA	— Sou.
POLA NEGRI	— Natural! Bola só um negócio: se, por um acaso, por uma hipótese, a polícia entrasse aqui, já imaginaste o escândalo? Ia se saber que há uma casa, nessas e nessas condições, vê bem: uma casa infantojuvenil, que oferece alunas dos melhores colégios, a fina flor de 17 anos para baixo, as filhas de famílias fabulosíssimas... vêm aqui, por dinheiro... *(dá uma gargalhada esganiçadíssima)* São pagas! Pagas!
NAIR	— Manjaste?
POLA NEGRI	— E pagas por quem? Por algum fichinha? Por Suas Excelências! Isso em plena capital da República Teofilista! Por isso eu te digo e Nair sabe: madame usou a cabeça! Nesta casa vive-se tropeçando em imunidades!
MADAME LUBA	— Eu ter o intelectual muito desenvolvido!
NAIR	— Vou te dizer outra coisa, que nunca te contei: só lá do colégio passaram por aqui umas dez... ou talvez mais. Por essa luz que me alumia, no mínimo, dez!

GLORINHA (*mais segura de si e mais dissimulada*)
— Madame, eu compreendo, mas comigo dá-se o seguinte: eu vivo muito presa. Porque meu tio...

NAIR (*violenta*) — Que máscara é essa?

GLORINHA — Por que máscara?

NAIR — Máscara, sim, senhora! (*para madame*) Madame, Glorinha tem duas caras! (*a Glorinha*) E aquela farra que nós fizemos, nós duas, sim!

GLORINHA — Sei lá de farra! Quando?

NAIR — No Carnaval, esse que passou! (*para madame*) Madame, fomos uma turma ao apartamento de um cara. E lá, sabe como é: bebemos, pintamos o caneco. A Glorinha estava com uma fantasia sem alça, em cima da pele! (*para Glorinha*) Veio um engraçadinho e, pelas costas, te puxou o fecho ecler até embaixo! (*para madame*) Ficou pelada, madame!

GLORINHA (*veemente*) — Madame, eu estava de pileque, madame! Tinha cheirado lança-perfume, tanto que nem me lembro!

NAIR — Ainda tem coragem de falar em pudor!

GLORINHA — Olha, até agora não passei do beijo!

NAIR — Muito cínica!

GLORINHA — Você é que é mascarada!

MADAME LUBA — Ah, não vamos perder tempo! O menina tem razão — beijo não tirar pedaço. Você não correr perigo: só beijinho, só brincadeira... Você poder casar depois, com véu e grinalda... Não ter consequências...

POLA NEGRI *(para madame)* — O Excelentíssimo está com hora marcada. Pergunta como é.

MADAME LUBA — Está quase. Não vai demorar. *(para Nair)* Vamos resolver o situação. Eu não fazer papel sujo.

NAIR *(resoluta)* — Pode deixar, madame. *(face a face com Glorinha)* Vamos liquidar a questão. É o seguinte: você mesma disse que queria vir, combinou tudo comigo e em cima da hora quer dar pra trás. Agora é tarde e não tem escapatória.

GLORINHA — Mudei de opinião.

NAIR — Azar o teu. Olha, tem um deputado aí, que é tarado, maluco por ti.

GLORINHA *(atônita)* — E me conhece?

NAIR — Te conhece.

POLA NEGRI *(ao ouvido de Glorinha)* — Um mão-aberta!

GLORINHA — Conhece de onde?

NAIR — Te viu várias vezes. Capaz de te arranjar um *big* emprego num instituto desses. Pra Ivonete arranjou um empregão. Arranja pra ti, com o pé nas costas.

GLORINHA — Ora veja... E como é o nome dele?

NAIR — O dr. Jubileu de Almeida.

GLORINHA (*recuando, em pânico*) — Mas logo esse? Que mudou para a minha rua? Que está morando na minha rua?

NAIR (*taxativa*) — Pois é: esse.

GLORINHA (*desesperada*) — Você está maluca? Bebeu? (*trincando os dentes*) Nem vizinho, nem parente! Nunca!

NAIR — Agora é tarde, porque o homem está aí, te esperando, há uma hora!

POLA NEGRI — Sua boba, te arranja uma boca rica num instituto!

GLORINHA (*feroz*) — Vizinho, não!

MADAME LUBA (*investe com insuspeitada violência, grita, enchendo o palco com a sua voz. A sua cólera é sincera*) — Não grita! No meu casa só eu grita! Na Lituânia eu tive tua idade, eu tinha tua cinturinha, eu tinha teu corpinho... E eu vivia! Eu, curiosa de carícia! Mas tu não querer vibrar, menina. Oh, tu não tem vida! (*brusca e selvagem*) Chama o tio dessa menina! Chama o tio! Telefone!

GLORINHA — Não!

NAIR — Vou telefonar, sim!

GLORINHA *(num apelo)* — Você é minha amiga, Nair!

POLA NEGRI — Topas?

NAIR — Sim ou não?

GLORINHA *(soluçando)* — Mas eu devo fazer o quê? Afinal, nem sei!

NAIR *(aliciante)* — Simples como água! Não é nada do arco-da-velha. Olha, pra mim é café pequeno e eu nem dou pelota. *(vaga)* Basta que você seja camarada do homem e nada mais. Te juro que não vai ter consequência nenhuma... Velho que não se aguenta em pé...

MADAME LUBA — Leva o menina no quarto, Pola Negri!

DR. JUBILEU — Eu estou aqui. *(de fato acaba de aparecer, na porta, o deputado Jubileu de Almeida, velho, velhíssimo) (paternal)* Pode deixar a menina, Pola Negri!

MADAME LUBA — O menina muito manhosa, deputada!

POLA NEGRI — De morte!

DR. JUBILEU *(aproxima-se. Inclina-se diante de Glorinha)* — Olhe para mim, assim. Enxuga essas lágrimas e vamos conversar. Pode usar o meu lenço, está limpo. *(entregou o lenço a Glorinha) (para madame)* Sabia que eu e Glorinha

	— seu nome é Glorinha, pois não? —, que eu e a Glorinha somos vizinhos, madame?
MADAME LUBA	— Oh, não sabia!
DR. JUBILEU	— Pois é. E, agora, por obséquio, eu queria ficar a sós com a nossa Glorinha. *(para Glorinha)* Tem confiança em mim?
GLORINHA	*(assoando-se)* — Mais ou menos.

(Saem os outros.)

DR. JUBILEU	— Mas você vai me prometer uma coisa: que não chora mais. Promete?
GLORINHA	— Prometo.
DR. JUBILEU	— Assim é que eu gosto. E uma coisa: sua mamãe ainda vive?
GLORINHA	— Morreu.
DR. JUBILEU	*(contendo-se)* — Viu como eu não lhe faço nada? Sou seu admirador, mas estamos aqui, conversando, normalmente. Sua mãezinha morreu e... Tem pai?
GLORINHA	*(sem ouvi-lo, crispada)* — Minha mãe matou-se!
DR. JUBILEU	— Ora veja!
GLORINHA	— Quando eu tinha dois anos. Meu pai, então, enlouqueceu de desgosto e meu tio tomou conta de mim.

DR. JUBILEU (*passa a mão pelos cabelos de Glorinha*) (*começando a ofegar*) — Desde que me mudei, que vejo você todos os dias... Você tem um corpinho que... E a pele sem uma espinha, uma mancha. (*trêmulo*) As meninas têm, realmente, um cheiro de menina... (*muda de tom*) Quer dizer que você nem conheceu sua mamãe... (*exaltando-se e já sem controle das próprias palavras*) Mas deve ter retratos, lembranças! (*agarra--se a Glorinha*)

GLORINHA — O senhor está me apertando!

(*Não há a menor conexão entre o que o dr. Jubileu diz e o que o dr. Jubileu faz.*)

DR. JUBILEU (*ofegante*) — Sabe datilografar? Te arranjo um lugarzinho, aumentamos a tua idade, juro, arranjo, sim, arranjo. Mas olha: não repare no que eu disser, não... (*súbito põe-se a berrar como um possesso. Fora de si*) As duas modalidades de eletrização que podemos observar nos corpos correspondem às duas espécies de carga elétrica encontradas no átomo! (*mudando de tom, num apelo soluçante*) Não se mexa: fique assim!

GLORINHA (*num repelão selvagem*) — Me largue! O senhor está maluco!

DR. JUBILEU (*arrasta-se de joelhos e, de joelhos, a escorrer suor, persegue a pequena*) — Não interrompa! Não me interrompa!

GLORINHA (*enfurecida*) — Velho gagá! (*pula mesas, cadeiras*)

DR. JUBILEU (*num enorme lamento*) — Eu não posso ser interrompido!

GLORINHA (*num berro*) — Não quero, já disse!

DR. JUBILEU (*arquejante*) — Por quê?

GLORINHA (*atrás de um móvel*) — Tenho que ir!

DR. JUBILEU (*quase chorando*) — Mas isso não é argumento! Façamos o seguinte — mais uns dez minutos, ou cinco. Cinco, está bem? (*numa lamúria infinita*) Cinco, filhinha, cinco! Te dou tudo, tudo... (*Glorinha está encostada à parede, sem poder fugir*) Tens raiva de mim? Eu não te fiz nada. O que foi que eu te fiz?

GLORINHA — Nada... Mas se meu tio sabe que eu vim aqui, que estou aqui...

DR. JUBILEU — Seja boazinha, camarada! (*segura-a pelos dois braços. Berra convulsivamente*) Vamos que o núcleo do átomo se apresenta, ai, ai, ai! se apresenta constituído de prótons... O núcleo do átomo, o núcleo do átomo, oh, o núcleo do átomo... Constituído de prótons, o núcleo do átomo...

(Glorinha desprende-se num repelão selvagem. O outro persegue-a, trôpego, nos seus apelos frenéticos.)

GLORINHA — Sujo! Indecente!

DR. JUBILEU — Escuta: eu te falo de longe, não me aproximo, juro! Não toco em ti! Já sei o que te assusta: são essas coisas que eu digo, não é?

GLORINHA *(num soluço)* — Quero ir-me embora!

DR. JUBILEU — Mas olha: essa coisa que eu falo é um simples ponto de física, compreendeste? Eu tenho que dizer um ponto de física ou não sou homem, não sou nada! Na minha casa eu não posso fazer isso... *(arquejante)* Um ponto de física... Mas se não quiseres ouvir, tu tapas os ouvidos, pronto! *(quer se aproximar de Glorinha mas esta ameaça-o)*

GLORINHA — Não venha que eu grito!

DR. JUBILEU *(entrega-se a um acesso de furor. Encaminha-se em direção à porta) (gritando)* — Pola Negri! Pola Negri!

POLA NEGRI *(acudindo)* — Chamou, Excelentíssimo?

DR. JUBILEU *(frenético)* — Vem cá, Pola Negri. Que negócio é esse, afinal de contas?

POLA NEGRI — Que foi que houve?

DR. JUBILEU — Essa menina, se está aqui, é porque é uma depravada, uma corrompida...

	(muda de tom) (choramingando, estende as duas mãos crispadas) ...mas não quer nada comigo, Pola Negri! *(novamente agressivo)* Pensa talvez que eu sou algum borra-botas! Diz-lhe quem eu sou!
POLA NEGRI	— Ela sabe, Excelentíssimo!
DR. JUBILEU	*(sem ouvi-lo)* — Diz que os jornais me chamam de reserva moral! Explica, também, que eu sou professor catedrático!
POLA NEGRI	— Dou um jeitinho nela, já, já. *(avança para Glorinha, que recua)*
GLORINHA	*(feroz, para Pola Negri)* — Você não é homem!
POLA NEGRI	— Sua gata!
DR. JUBILEU	*(num apelo abjeto)* — Segura, Pola Negri! Segura!
POLA NEGRI	*(dá um bote e agarra solidamente a menina. Subjugada pelas costas, os braços para trás, Glorinha está indefesa)* — Pronto, Excelentíssimo.
GLORINHA	*(enlouquecida)* — Te cuspo na cara!
DR. JUBILEU	*(está a alguns metros de distância) (balbuciante)* — Gostas de mim, meu anjinho?
GLORINHA	*(frenética)* — Tenho nojo!
POLA NEGRI	— Gosta, sim, Excelentíssimo! Pode crer que gosta!

DR. JUBILEU (*delirante*) — Gosta, Pola Negri, ela gosta? *(e, súbito, o deputado põe-se a berrar)* O núcleo envolvido por elétrons livres! *(soluça)* Elétrons, elétrons, o átomo, o átomo! *(suplicante para Pola Negri)* Continua dizendo que ela gosta de mim, Pola Negri, mas não para, sem parar!...

POLA NEGRI (*mecanicamente*) — Gosta, ama, adora, sim, gosta muito!

DR. JUBILEU (*no auge*) — Um átomo pode perder ou receber elétrons na sua periferia e essas operações destroem o equilíbrio entre as cargas dos prótons e a dos elétrons periféricos...

(Finalmente, o dr. Jubileu cai de joelhos, porque alcança o máximo da tensão. Assim de joelhos, mergulha o rosto nas duas mãos e tem um soluço interminável, grosso como um mugido. Sincronizado com o deputado, Pola Negri dispara as palavras.)

POLA NEGRI — Gosta, perfeitamente, gosta, adora, ama, adora!

DR. JUBILEU (*por entre gemidos*) — Ah, se minha mulher me visse aqui, ai, ai, ai, se minha mulher me visse aqui, uai, se me visse! Minha mulher é neta de barões! Minha mulher!

POLA NEGRI — Continua, Excelentíssimo?

DR. JUBILEU — Chega, Pola Negri, chega!
POLA NEGRI — Vou largar essa chorona!

(Empurra Glorinha. Levanta-se o dr. Jubileu, assistido por Pola Negri. Glorinha, livre de Pola Negri, atira-se em cima de uma cadeira, aos soluços. Entram Nair e madame Luba. Nair corre para Glorinha e madame Luba para o deputado.)

NAIR *(para Glorinha)* — Viu como foi barbada?
MADAME LUBA *(para Pola Negri)* — O coramina do deputada!
GLORINHA *(ainda soluçante)* — Eu me assustei!
NAIR — É pinto!
MADAME LUBA *(melíflua)* — Cansadinha, doutor?
DR. JUBILEU *(caindo aos pedaços)* — Já não sou criança! *(toma o coramina que lhe dá Pola Negri)*
NAIR — Finalmente te convenceste de que não é nenhum bicho de sete cabeças?
GLORINHA — Estou zonza!
NAIR — Estão falando de ti!
GLORINHA — Acho que fiz um papelão!

(De fato, madame Luba e o dr. Jubileu, que cochichavam, falam agora mais alto.)

MADAME LUBA — O menino valeu a pena?

DR. JUBILEU — Em termos.

MADAME LUBA — Não valeu a pena, deputada?

DR. JUBILEU — Meio sem sal, água com açúcar. *(baixo, para madame, junto à porta)* Interrompe muito. E, na minha idade, madame, não posso ser interrompido. *(enfático)* Não devo ser interrompido! Ela é uma questão de treino, talvez de adaptação, quem sabe? *(faunesco)* Mas interessa!

NAIR *(cochichando para Glorinha)* — É um negócio da China: quinhentão por vez!

DR. JUBILEU *(para madame)* — Manda vir, amanhã às 11 horas da manhã... E já vou... tenho que ir... *(sai)*

GLORINHA *(dirige-se para madame, ainda nervosíssima)* — Estou tão sem graça, madame! Tive tanto medo que, imagine a senhora, não foi, Pola Negri? Até xinguei o deputado, madame!

MADAME LUBA — O deputado não levar mal! *(muda de tom, para Nair)* Tu amanhã não vem, por causa do tal negócio. *(para Glorinha, com inesperada autoridade)* Mas tu vem! Onze horas aqui!

GLORINHA *(em pânico)* — Eu?

NAIR	— Mata o colégio e vem!
MADAME LUBA	*(grita, possessa)* — Menina, eu não admito desobediência no meu casa! No meu casa, manda eu! *(crescendo para Glorinha)* Ou tu vem ou tu apanha um câncer na língua! Agora pode ir!
POLA NEGRI	— Onze horas em pontinho!
MADAME LUBA	— Dinheiro, só amanhã. Paga amanhã.
GLORINHA	*(corrida)* — Madame, vou fazer todo o possível!
MADAME LUBA	— Olha o meu praga!

(Saem, uma e outra, como duas escorraçadas. Permanecem em cena Pola Negri e madame Luba.)

POLA NEGRI	— Abre o olho, madame, que são duas araqueadas!
MADAME LUBA	— Oh, não há perigo! Quem me faz, paga! Mas não falar assunto chato, Pola Negri! Falar coisas bonitas. Eu quero dormir, Pola Negri... Oh, há 15 dias eu sonhar, todo dia, com cavalinho de carrossel. Eu deita, fecha os olhos e é batata: só sonhar com cavalinhos de carrossel... Oh, não querer barulho! Desliga o telefone!

(Escurece a sala de madame. De novo Nair e Glorinha.)

GLORINHA	— Ainda vou ver se é negócio, se não é! Ah, se não fosse o meu tio, o diabo do meu tio! Bem, e agora vou correndo, chispada!
NAIR	— Espera!
GLORINHA	— Que é que há?
NAIR	*(crispa a mão no braço de Glorinha)* — Tenho uma bomba pra ti!
GLORINHA	— Pra mim?
NAIR	— E vais cair dura para trás. Dura!
GLORINHA	— Diz logo!
NAIR	— Estou grávida!
GLORINHA	*(estupefata)* — Mentira!
NAIR	— Sob a minha palavra de honra e quero que Deus me cegue se minto!
GLORINHA	— Tua família sabe?
NAIR	— Isola!
GLORINHA	— Ou será rebate falso?
NAIR	— Batata! Fiz tudo quanto é exame e não tem castigo: estou mesmo!
GLORINHA	*(fascinada)* — Então você facilitou! Mas não se nota, não se percebe!
NAIR	— Dois meses só. Imagine: a minha empregada, que põe fora um filho por mês, me ensinou uma porção de troços. Fiz...
GLORINHA	— E não adiantou?

NAIR	— Nada, absolutamente.
GLORINHA	— Vais tirar?
NAIR	— Depende.
GLORINHA	— Como depende?
NAIR	— De ti.
GLORINHA	— Por que de mim?
NAIR	— Vamos sentar ali.

(Sentam-se. Nair toma, entre as suas, as mãos de Glorinha.)

GLORINHA	— Fala.
NAIR	— Você sempre não disse que achava a morte de sua mãe linda? Não disse?
GLORINHA	— Disse.
NAIR	— Você se fartou de dizer, no colégio, que achava sem classe nenhuma essas mortes por doença, velhice ou desastre. Você queria morrer assim como sua mãe: moça, bonita, tomando veneno. Minto? Responde!
GLORINHA	— É isso mesmo!
NAIR	*(num transporte)* — Terias coragem?
GLORINHA	— De quê?
NAIR	*(sôfrega)* — De morrer como tua mãe? *(põe a mão no peito)* Mas comigo, em minha companhia, nós duas abraçadas?

GLORINHA (*com pungente espanto*) — Morrer contigo?

NAIR (*sofrida, veemente*) — Não achas legal um pacto de morte? É fogo, minha filha, fogo! (*baixo e ardente*) Eu morreria agora, neste minuto, se... (*crispada de medo*) Porque eu não queria morrer sozinha, nunca! (*com voz estrangulada*) O que mete medo na morte é que cada um morre só, não é? Tão só! É preciso alguém para morrer conosco, alguém! Te juro que não teria medo de nada se tu morresse comigo!

GLORINHA (*num protesto feroz*) — Não!

NAIR (*quase chorando*) — Eu não precisaria tirar o filho, não precisaria fazer a raspagem. (*baixo e aliciante*) E até já imaginei tudo, vê só: a gente entra num cinema e, lá, no meio da fita, toma veneno, ao mesmo tempo. E quando acenderem a luz, nós duas mortas... Estão levando um filme de Gregory Peck...

GLORINHA — De Gregory Peck? Que ótimo!

NAIR (*num apelo de todo o ser*) — Queres? Tua mãe não se matou?

GLORINHA (*transida de medo*) — Tenho medo!

NAIR — Tens medo de tudo!

GLORINHA (*fremente*) — De tudo! Eu queria ir à casa de madame Luba e te digo: tomei um banho caprichado, perfumei o corpo, me ajeitei toda e, na hora, fiz aquela vergonheira... E quando estou namorando — vem o medo outra vez... (*com um esgar de choro*) Medo não sei de quê...

NAIR — De teu tio, ora!

GLORINHA (*dolorosa*) — Do meu tio? Sim, do meu tio!

NAIR — Ou não é?

GLORINHA — Tenho mais medo do meu tio do que da morte. (*agarra-se a Nair*) É ele que me impede de morrer contigo, no cinema... Na madame Luba só pensava nele...

NAIR (*enfurecida*) — Se eu fosse tu só dormia trancada a chave, por causa do teu tio!

GLORINHA (*num terror*) — Já vou!

NAIR (*no seu medo feroz*) — Não vai, não, senhora! Fica comigo, vai ao médico comigo!

GLORINHA — E a hora?

NAIR — É cedo!

GLORINHA — Tarde. E, além disso, eu não posso ver sangue!

NAIR   *(desesperada)* — Ou você pensa que eu vou sozinha a esse médico? Tenho medo da dor e posso morrer, não posso? *(sôfrega)* Dizem que o perigo é a perfuração, o perigo. Oh, meu Deus! *(selvagem)* Te chamei para morrer comigo e não quiseste! *(de novo suplicante)* Pelo menos isso, não custa. Quero ter alguém comigo, alguém segurando a minha mão! E se eu morrer, quero que tu me beijes, apenas isso: quero ser beijada; um beijo sem maldade, mas que seja beijo!

GLORINHA   *(subitamente doce, depois de uma pausa)* — Irei contigo! Te levarei! *(fusão com o consultório do fazedor de anjos. Sentadas, mocinhas escuras e apavoradas, que parecem criadas domésticas)*

ENFERMEIRA   *(como no barbeiro)* — Primeira!

GLORINHA   — É você!

NAIR   *(atônita)* — Já?

GLORINHA   *(cutucando-a)* — Anda!

NAIR   *(num apelo)* — Vem também! *(estavam diante da enfermeira)*

ENFERMEIRA   — É você ou ela?

GLORINHA   — Ela!

NAIR   *(sofrida)* — Da parte de madame Luba.

ENFERMEIRA	— Ah, sim. O Pola Negri telefonou. *(para Glorinha)* E você?
GLORINHA	— Acompanhante.
NAIR	— Estou nervosíssima e queria que minha amiga assistisse...
ENFERMEIRA	— Entre ali, meu bem.
NAIR	*(voltando-se)* — Vai doer?
ENFERMEIRA	— Pouco.
NAIR	*(com fervor)* — Tomara.

(O médico aparece, chupando tangerina e expelindo os caroços.)

MÉDICO	— Vamos entrar!
ENFERMEIRA	*(para ele)* — Pessoal de madame Luba!
NAIR	*(para Glorinha)* — Reza por mim!
MÉDICO	— Muita gente na sala?
ENFERMEIRA	*(para Nair)* — Por aqui, meu anjo. *(para o médico)* Bastante. Umas dez. *(trevas. No palco, apenas iluminados os quatro rostos: do médico, da enfermeira, de Glorinha e de Nair)*
MÉDICO	*(para Glorinha)* — Se impressiona com sangue?
GLORINHA	— Mais ou menos.
MÉDICO	— Então não convém assistir. É melhor não assistir.

NAIR	*(num apelo)* — Ela não olha, doutor!
GLORINHA	— Fico de costas!
NAIR	*(num soluço)* — Eu não quero ver o meu próprio sangue!
MÉDICO	*(para a enfermeira)* — Manda entrar a seguinte!
NAIR	*(gritando)* — Não, doutor, não!
MÉDICO	*(com irritação)* — Ah, minha filha, você vai ter a santíssima paciência, mas a madame não autorizou anestesia! Apanhe um lenço e prenda nos dentes pra não gritar. *(para Glorinha)* Dá um lenço a ela!
NAIR	— Não posso mais!
GLORINHA	*(dá o lenço. Baixo, ao ouvido de Nair)* — Morde o lenço!
MÉDICO	— Quietinha!
GLORINHA	*(chorando também)* — Não chora, meu bem!
ENFERMEIRA	*(que saíra, volta)* — A água está acabando!
MÉDICO	*(atirando com o ferro cirúrgico)* — Ora que pinoia!
ENFERMEIRA	— Manda as outras embora?
MÉDICO	*(explodindo)* — Ou você pensa que eu vou trabalhar sem água?

(Sai a enfermeira. Volta o médico à sua função.)

GLORINHA *(sôfrega)* — Há perigo, doutor?

MÉDICO — Não amola você também! E que é que está fazendo aqui? Desinfeta, vamos, cai fora, cai fora!

GLORINHA *(recuando)* — Vou, sim, vou... Aliás, a minha situação... Adeus, Nair...

NAIR *(meio delirante)* — Não! Não!... Volta, Glorinha, volta... Não quero ficar só...

MÉDICO *(para Glorinha)* — Mas vem cá! *(entre suplicante e ameaçador)* Não me comenta isso lá fora! Sou um homem de responsabilidade, um médico, afinal de contas, e não é justo que eu sofra por causa das poucas-vergonhas que vocês andam fazendo! Vai, vai, e olha: nem um pio!

(Cena iluminada em resistência. Glorinha recua, de frente para Nair, até a porta.)

GLORINHA *(antes de sair e com certa fascinação)* — Quanto sangue!

NAIR *(delirante)* — Glorinha, eu não enxergo, foi embora... *(na embriaguez da agonia)* E quem me beijará se eu morrer e quando eu morrer?

MÉDICO *(num berro)* — Não fala em morte!

NAIR *(delirante)* — Quero que, lá em casa, continuem pensando que eu sou virgem...

MÉDICO — *(fora de si)* — Ou você para ou te bato na boca!

ENFERMEIRA — *(baixo)* — Chamo a assistência?

MÉDICO — *(atônito)* — Que piada é essa?

ENFERMEIRA — — Acho melhor chamar.

MÉDICO — *(num berro)* — Está de porre?

ENFERMEIRA — *(violenta)* — Não grita!

MÉDICO — — Chamar a assistência, engraçado! *(furioso)* Bonito, o meu nome nos jornais! E eu tendo que comparecer à polícia!

ENFERMEIRA — *(ressentida)* — Você hoje está com os seus azeites!

MÉDICO — — Dobre a língua! Já lhe disse que não quero intimidades durante o serviço. Aqui me chame de doutor, percebeu? E vê se não me dá peso!

ENFERMEIRA — — Não está satisfeito, manda embora! *(insolente)* E se ela morrer?

NAIR — — Morre comigo, Glorinha...

MÉDICO — *(arquejante)* — Aqui todo o mundo fala em morte. *(para Nair, histericamente)* Você não pode morrer no meu consultório! *(para a enfermeira)* Imagine! eu me sujar por causa de uma prostitutazinha! *(suplicante)*

	Se houver escândalo, com que cara vou aparecer perante a besta do meu sogro, que é metido a Caxias?
NAIR	— Não quero morrer só... Doutor, me salve, doutor!
MÉDICO	— Essa bestalhona não para de gemer! *(para a enfermeira)* Põe gaze, entope isso de gaze! E vá escutando: se me denunciares, já sabe, eu direi que és uma fazedora de anjos muito ordinária, direi que já mataste várias. Tenho tua ficha, não te esqueças!
NAIR	*(num gemido de homem)* — Glorinha me paga...

(Assombrado diante do destino, o médico está falando com uma calma intensa, uma apaixonada serenidade.)

MÉDICO	— Mas não adianta gaze, nem pronto-socorro, nada!
NAIR	— Não posso mais... Glorinha... vamos morrer... nós duas... Glorinha...
MÉDICO	*(tem nova explosão. Berrando)* — Mas isso nunca aconteceu comigo, nunca! Não sei como foi isso! *(para a enfermeira)* Reza, anda, reza, ao menos isso, reza!

(A enfermeira cai de joelhos, une as mãos no peito.)

MÉDICO	*(berrando)* — Não rezas?
ENFERMEIRA	— Estou rezando!

MÉDICO   *(enfurecido)* — Mas não reza só para ti! Pra mim também! Eu quero ouvir! Anda! Alto! Reza, sua cretina!

(A enfermeira ergue-se e rompe a cantar um ponto espírita. O médico soluça.)

FIM DO PRIMEIRO ATO

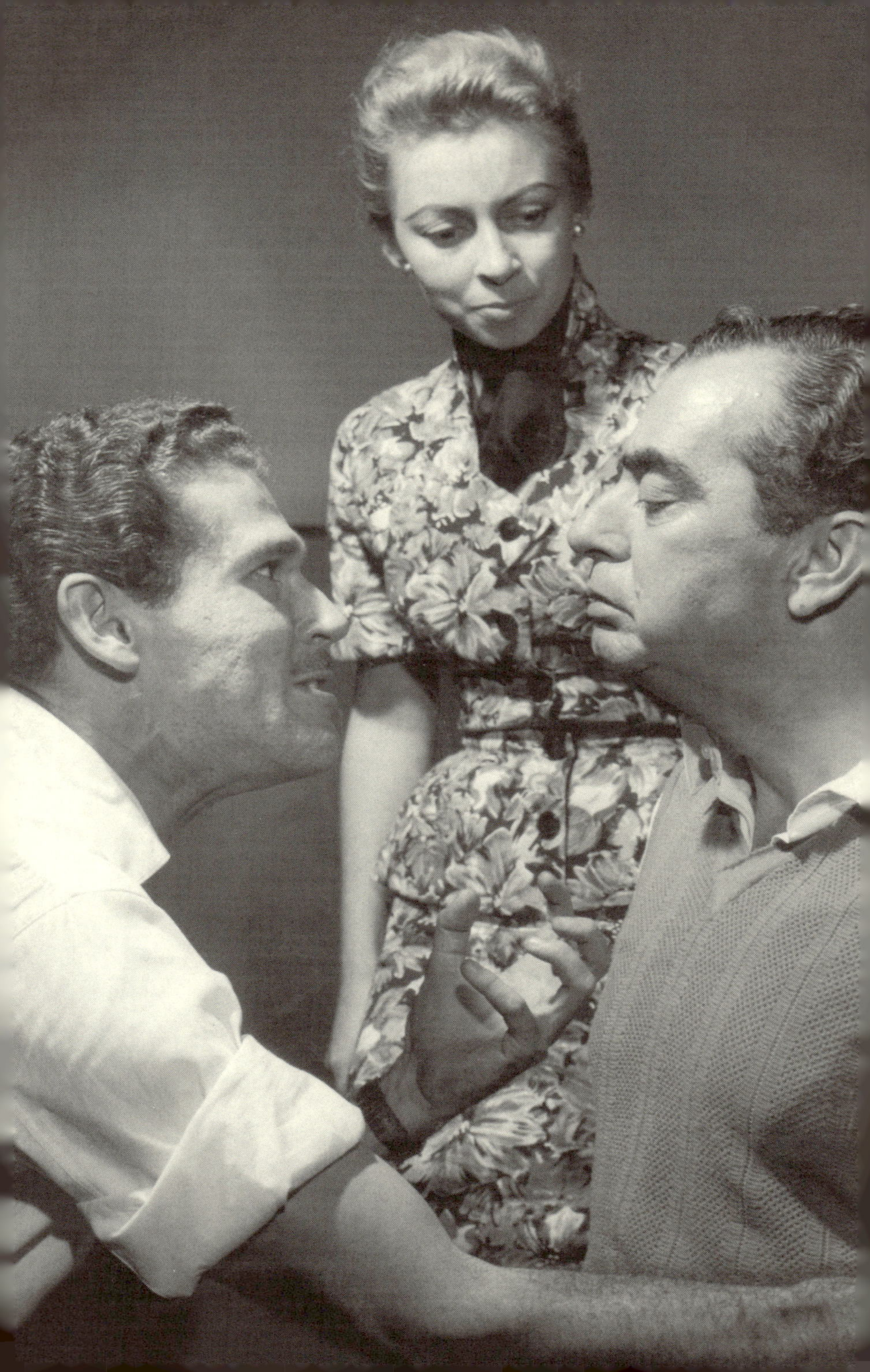

SEGUNDO ATO

(Casa de tio Raul. Em cena apenas tia Odete, esposa de Raul. Senhora taciturna, rosto inescrutável. De vez em quando ela pronuncia uma breve frase, sempre a mesma. Vive fazendo interminável viagem pelos cômodos da casa. Não se senta nunca.)

    TIA ODETE — Está na hora da homeopatia!

(Tia Odete passa adiante... Entra Glorinha, já de uniforme cáqui, pronta para ir ao colégio. Toma, na xícara grande, um resto de café com leite. Aparecem, na porta, duas colegas de Glorinha — Cristina e Ceci.)

    CECI *(da porta)* — Glorinha!
    GLORINHA — Oba! Entra!
    CECI — E teu tio?
    GLORINHA — Não está. Pode entrar. Entra!

CECI	— Você já sabe?
GLORINHA	— De quê?
CRISTINA	— Não sabe?
GLORINHA	— Estou no mundo da lua.
CECI	— A Nair desapareceu!
GLORINHA	*(atônita)* — Nair?
CRISTINA	— Desapareceu, e espia só: não dormiu em casa!
GLORINHA	— Misericórdia!
CECI	*(animadíssima)* — Ontem, não foi ao colégio, fez gazeta e sumiu!
CRISTINA	— Espeto, minha filha, espeto!
GLORINHA	— E o pai?
CECI	— O pai? Sei lá! Deve estar subindo pelas paredes!
GLORINHA	— Mas não dormir em casa eu acho o fim!
CRISTINA	— Já telefonaram pra assistência, polícia, necrotério, o diabo!
CECI	— O rádio está dando!
CRISTINA	— Ou será que ela fugiu com algum cara?
CECI	— Também pode ser desastre, suicídio, não é?
CRISTINA	— Vem cá, Glorinha! Foste ontem ao colégio?

GLORINHA	*(transida)* — Eu?
CRISTINA	— Foste?
GLORINHA	— Por quê?
CRISTINA	— Não me lembro de ter te visto!
CECI	*(intencional)* — Ou você não confia na gente?
GLORINHA	— Fiz gazeta, sim, mas olha: nem por um decreto meu tio pode saber. Veja lá, Cristina! E você também!
CECI	— Mas claro!
GLORINHA	— Aliás, hoje, eu tenho um negócio às 11 horas, um lugar para ir... e que lugar! Mas não vou, nem por um decreto!
CRISTINA	— Olha a hora!
GLORINHA	— Ih, vamos chispando, antes que meu tio apareça! *(vai ver pasta, livros, cadernos)* Imagina: não dormiu em casa hoje pela primeira vez! Nunca fez isso!
CECI	— No mínimo andou se esbaldando com alguma dona!
GLORINHA	— Pois sim! Meu tio não é disso! É uma coisa fora do comum!
CECI	— Vais me enganar que ele não gosta de mulher?
GLORINHA	— Não dá pelota!

CRISTINA	— Um mascarado!
GLORINHA	*(já fez tudo que tinha que fazer. Na sua pressa frívola, vai beijar a tia na testa)* — Até logo, titia, até logo!
TIA ODETE	*(lenta e doce)* — Está na hora da homeopatia!
CECI	*(estaca, como se, apesar de tudo, a loucura da outra a fascinasse. Com certo respeito)* — Que mágica besta: "Está na hora da homeopatia..."

(Apesar da gíria, há em Ceci um certo medo e um certo encantamento. As outras já se adiantaram.)

CRISTINA	— Vem!
CECI	*(quase doce)* — Foi derrame, foi? O que me invoca é que ela não senta, não para!

(Encaminham-se as três para a porta, no justo momento em que entra, em sentido contrário, o tio Raul. Glorinha estaca e as outras também.)

GLORINHA	— Ah, titio!
TIO RAUL	*(sóbrio, mas inapelável)* — Volta.
GLORINHA	*(crispada)* — Por quê, titio?

TIO RAUL	— Você fica.
GLORINHA	(num sopro de voz) — Eu não vou ao colégio?
TIO RAUL	— Eu disse: fica!
GLORINHA	— Mas hoje tem prova parcial!
TIO RAUL	— Pois não vai, não, senhora. *(para as outras)* E vocês sumam!
CRISTINA	*(em pânico)* — Com licença!
CECI	— Até loguinho.

(As duas passam por ele, de cabeça baixa, como se fugissem.)

TIO RAUL	*(na sua ferocidade contida)* — Põe a pasta em cima da mesa. Agora fica assim, em pé, parada, que eu quero olhar os teus 16 anos.
GLORINHA	— Mas, titio, se eu não for hoje ao colégio vou tirar zero!
TIO RAUL	— Antes que eu me esqueça, você vai me responder o seguinte: você foi ontem à aula? Eu poderia perguntar ao próprio colégio, mas prefiro saber de ti. Foste?
GLORINHA	*(atônita)* — Fui.
TIO RAUL	— E juras por que ou por quem? Juras pela alma de tua mãe que foste, ontem, ao colégio?

GLORINHA — Pela alma de minha mãe?

TIO RAUL *(com certa veemência)* — Por tua mãe, sim! Ela morreu quando tinhas dois anos, tu não a conheceste, mas lhe tens amor ou medo? *(carinhoso, baixo)* Responde: gostas muito dessa mãe desconhecida?

GLORINHA *(dolorosa)* — Muito.

TIO RAUL — E juras por tua mãe? Que não fizeste gazeta?

GLORINHA *(lenta)* — Posso jurar.

TIO RAUL — Mas espera! Não jures ainda, porque é dela mesma, é de tua mãe, que vamos falar. *(muda de tom)* Que sabes tu de tua mãe?

GLORINHA — Bem, o senhor me disse que era bonita...

TIO RAUL — Sim. Bonita. E que mais?

GLORINHA — Disse também que era uma santa.

TIO RAUL *(excitado)* — Exatamente: santa. Uma santa que, aos 22 anos de idade, matou-se, quer dizer, tomou veneno. Muito bem. E se eu te disser que menti? *(sôfrego)* Responde: queres saber quem foi tua mãe, tal como foi, queres? E saber por que se matou? Queres?

GLORINHA *(com fervor)* — Quero!

TIO RAUL — Que idade tens? Dezesseis?

(Glorinha afasta-se lentamente. Como uma sonâmbula, coloca-se no plano do passado.)

TIO RAUL — Quando tu tinhas dois anos, e teus pais três
de casados, ou nem isso, eu recebi um telefonema.
Entre parênteses — corria um zunzum, naquela época, segundo o qual teu pai e tua mãe andavam brigando muito...

(No plano do passado, acaba de aparecer o pai de Glorinha, Gilberto. Judite desfaz o rabo de cavalo.)

TIO RAUL — Teu pai teve um gênio muito violento. Judite era
o teu retrato... a tua altura, o teu jeito, os teus olhos
e, até, o teu andar.

(Pausa na narração, para que seja vivida a cena evocada. Marido e mulher adquirem vida e movimento. Gilberto agarra Judite.)

GILBERTO — Deixa eu te dar um beijo de estalo, no ouvido.

JUDITE *(eletrizada)* — Eu grito!

GILBERTO — Um só.

JUDITE (*debate-se nos braços de Gilberto, esganiçando o riso. Gritando*) — No ouvido, não!

GILBERTO (*no seu alegre desejo*) — Por quê?

JUDITE (*rindo e arquejando*) — Só de você falar espia como eu estou toda arrepiada! Não brinca assim! (*súbito, Gilberto agarra-a novamente. Esperneando e esganiçando a voz*) Eu faço um escândalo! (*Gilberto beija-a no ouvido com agudíssimas gargalhadas*) Não, Gilberto. Não! (*é beijada na orelha*)

GILBERTO — Gostou?

JUDITE (*num soluço*) — Como é bom! Bom demais!

GILBERTO (*arrebatado*) — Minha histérica!

JUDITE (*com voluptuoso apelo*) — Não me chame disso!

GILBERTO (*com divertido espanto*) — Ué, você queria ser fria?

JUDITE — Isola.

GILBERTO (*trincando os dentes*) — Gosto que sejas assim: meio histérica!

JUDITE (*rindo*) — Sou normal, ouviu, seu malcriado?

GILBERTO (*rindo*) — Normal mas custa!

JUDITE — Vem cá. Agora chegou a minha vez: você vai deixar eu te dar uma mordida.

GILBERTO — Não vale.

JUDITE (sôfrega) — Uma mordida aqui! (puxa o próprio lábio inferior)

GILBERTO — Não, senhora! E por que é que vocês mulheres gostam de morder?

JUDITE (desesperada) — Eu dou de leve, bem de leve!

GILBERTO — Não, seguro morreu de velho!

(No plano do passado Judite imobiliza-se; Gilberto retira-se de cena.)

TIO RAUL (exasperado) — Pelo contrário, o casal mais feliz da família e, ainda por cima, só pensavam em sexo! (muda de tom, arquejante) E, um dia, eu sou chamado no escritório...

JUDITE (em desespero, ao telefone) — Alô! Alô! Quem fala? Por obséquio, eu queria falar com Raul, ele está? Tenha a bondade de dizer que é a cunhada dele, Judite, sim, Judite. Pois não. (fala ao mesmo tempo que olha para trás, num pavor absoluto. Na extremidade oposta do palco, e também no plano do passado, Raul)

TIO RAUL — Pronto, Raul!

JUDITE (num soluço) — Sou eu!

TIO RAUL	— Ah, como vai, Judite?
JUDITE	*(fora de si)* — Não posso falar muito, Raul. Toma um táxi e vem para cá, correndo.
TIO RAUL	— Alguma novidade?
JUDITE	— Só pessoalmente! Estou correndo perigo de vida, Raul! E você talvez não chegue a tempo! Até logo, até logo! *(desliga)*
GILBERTO	*(aparece na porta, em tempo de escutar as últimas palavras de Judite. Num berro triunfal)* — Até que enfim!
JUDITE	*(recuando e derrubando uma cadeira)* — Que foi?
GILBERTO	— Negas agora?
JUDITE	*(com esgar de choro)* — Mas o quê?
GILBERTO	— Negas que era teu amante?
JUDITE	*(num soluço)* — Juro!
GILBERTO	*(agarra-a pelos dois braços. Fala quase boca com boca)* — Então quem era?
JUDITE	— Engano.
GILBERTO	— Sua cínica!
JUDITE	*(desprende-se com violência — gritando)* — Eu não tenho amante!
GILBERTO	*(com humor hediondo)* — Responde: era aquele cara da praia, que tu olhaste?

	Ou aquele do Iate Clube? Fala! Ou aquele da fila do Metro?
JUDITE	— Não respondo!
GILBERTO	— É a terceira vez que te encontro pendurada no telefone. A desculpa é sempre a mesma: engano. *(calcando as palavras)* Desculpa de adúltera! *(frenético)* Mas quero saber quem era e você vai me dizer agora, neste minuto, um nome!
JUDITE	*(soluçando)* — Eu menti!
GILBERTO	— E confessas?
JUDITE	*(soluçando)* — Não foi engano!
GILBERTO	— Anda, o nome.
JUDITE	— Raul.
GILBERTO	*(estupefato)* — Quem?
JUDITE	*(violenta)* — Raul, sim, Raul! Eu estava falando com Raul!
GILBERTO	*(lento)* — Mas é meu irmão e não teu amante! Foi ele que telefonou para você?
JUDITE	— Eu telefonei para ele, eu!
GILBERTO	*(atônito)* — Mas por quê? A troco de quê?
JUDITE	*(baixando a cabeça)* — Não digo.
GILBERTO	— Fala ou te arrebento!

JUDITE — *(por entre lágrimas)* — Falei para Raul porque...

GILBERTO — Continua!

JUDITE — ...porque já não aguento mais e queria ver se ele, enfim, falava com você... Como Raul é a única pessoa no mundo que você respeita, talvez ele me possa salvar, quem sabe?

GILBERTO — *(quase chorando)* — Tu o chamaste? E ele vem para cá?

JUDITE — Vem.

GILBERTO — Agora?

JUDITE — Está a caminho.

GILBERTO — *(desesperado, agarra a mulher)* — E lhe contaste alguma coisa? Contaste?

JUDITE — Não.

GILBERTO — *(suplicante)* — Nada, nada?

JUDITE — *(num berro)* — Nada!

GILBERTO — *(desfigurado pela cólera, fala, rosto a rosto, com a mulher)* — E não lhe dirás nada. Ou antes, dirás, sim, mas tudo ao contrário. Dirás que não houve nada e que, até, somos felicíssimos, que parecemos dois namorados.

JUDITE — Devo mentir?

GILBERTO — Ou tens escrúpulos, sua ordinária? *(está de frente para a esposa e de costas*

	para a porta. Não vê quando Raul aparece)
JUDITE	*(num sopro)* — Chegou.
GILBERTO	*(vira-se lentamente. Falso e incerto)* — Ora viva!
TIO RAUL	— Como vai, Judite?
JUDITE	*(com sofrida cordialidade)* — Assim, assim. E você, bem?
TIO RAUL	*(sóbrio)* — Na luta.
GILBERTO	*(passa a mão nas costas de Raul. Com um riso grosseiro)* — Imagina você que, de vez em quando, eu estou no emprego e, de repente, me dá uma saudade tremenda de Judite! Tenho que voar para casa. E te digo mais: a verdadeira lua de mel não acaba...
TIO RAUL	*(olhando um e outro)* — Mas, finalmente, que foi que houve aqui?
GILBERTO	— Houve como? Nada. Não houve nada. Por quê?
TIO RAUL	— E você, Judite, está calada, não diz nada?
JUDITE	*(confusa e desesperada)* — Eu? Bem, tenho andado meio indisposta e...
TIO RAUL	— Só?
JUDITE	*(na sua angústia)* — Que eu saiba, só.
TIO RAUL	— Já que é assim, eu devo dizer a você o seguinte: tenho um defeito que não sei

se é defeito. Sou muito franco, muito direto. Talvez me falte tato, é esse o termo: tato. E vou ser mais uma vez franco, direto: ou você ou Judite me deve uma explicação. Um dos dois.

GILBERTO — Não entendo.

TIO RAUL — Vai entender. O caso é que eu estava no meu escritório e recebo um chamado. Venho correndo e vocês me dizem que não há nada. Ora, eu não sou criança!

GILBERTO — Mas chamado de quem?

JUDITE — Meu, Gilberto. Você não estava e, de repente, comecei a passar mal, a sentir palpitações, faltas de ar. *(para Raul)* Ando muito nervosa ultimamente, uma pilha. *(para Gilberto)* Felizmente já estou melhor e você chegou...

TIO RAUL — Foi só o susto?

JUDITE *(dolorosa)* — Graças a Deus!

TIO RAUL — Antes assim. Nesse caso, eu me vou.

JUDITE *(desesperada)* — Não!

GILBERTO — Judite!

TIO RAUL — Você está escondendo o quê? Fale, pode falar!

GILBERTO *(melífluo e ameaçador)* — Diga a Raul que você não está escondendo nada, diga!

JUDITE — *(soluçando)* — Juro que não estou escondendo nada, juro!

TIO RAUL — — Ou não confia mais em mim!

GILBERTO — *(tem uma súbita explosão)* — Não sabe nem mentir! *(para Raul, sôfrego)* Raul, eu não queria que tu soubesses e pedi a Judite que te mentisse. Mas uma histérica não se controla. *(para Judite)* Agora sou eu que exijo, eu, que contes tudo!

TIO RAUL — — Vocês brigaram?

JUDITE — *(desesperada)* — Eu não quero acusar meu marido!

GILBERTO — *(violento)* — Mas se tu não me acusas, eu te acuso! *(exultante, anda de um lado para outro, possesso, em largas passadas)* Raul, está vendo essa mulher? Dei-lhe, sim, com as costas da mão na boca e aqui no ouvido! Ela virou por cima das cadeiras e eu te juro, Raul — tive vontade de matá-la!

TIO RAUL — *(estupefato, para a cunhada)* — Ele te bateu?

JUDITE — *(trancando os lábios)* — Não sei.

GILBERTO — *(numa excitação tremenda)* — Bem. Já conheces as razões de minha mulher. Agora as minhas. Um marido que bate tem suas razões.

JUDITE (*enfurecida*) — É mentira.

TIO RAUL — Quais são as tuas razões?

GILBERTO — Uma única: ela me trai. Basta?

JUDITE (*possessa*) — Quero que minha filha morra leprosa se, algum dia, eu traí meu marido! (*agarrada ao cunhado*) Vou contar o que houve e não houve mais nada. Raul, sob minha palavra de honra: — um dia eu estava tomando banho, ele bateu na porta e eu não quis abrir. Por isso me bateu, me xingou de todos os nomes!

GILBERTO (*exultante — para o irmão*) — Viste a falta de vergonha? Mulher é assim mesmo, tem prazer de contar a própria intimidade sexual!

TIO RAUL — Não tens outra prova, além de um banho?

GILBERTO (*frenético*) — E achas pouco? Não vês que isso é o sintoma? O sintoma, Raul? (*na angústia de convencê-lo*) Presta atenção: antes, minha mulher não tinha vergonha de mim, nenhuma, nenhuma! Já no namoro houve entre nós o diabo! Casamos e, no dia seguinte, tomou banho comigo, Raul. Tomamos banho juntos!

JUDITE (*num protesto feroz*) — Basta!

GILBERTO	*(para Judite)* — Foi você que começou. Agora vou até o fim. *(para Raul)* Durante dois anos, todo o santo dia, o banho em comum era sagrado! E, de repente, Raul, vê só: de repente, ela começa a ter vergonha de mim, pudor, Raul! Cortou o nosso banho — o banho que, durante dois anos, fora exigência dela mesma, Raul, dela própria! *(violento)* Isso queria dizer o quê? Mas claro: a mulher que passa a ter pudor do marido é porque tem outro, porque arranjou um amante! Ou não é?
TIO RAUL	— Mas isso é um raciocínio monstruoso!
GILBERTO	— Exato, raciocínio exato! *(fora de si)* Casei-me com uma marafona!
JUDITE	*(enlouquecida)* — E eu com um canalha!
TIO RAUL	— Gilberto, considero o que você está fazendo uma indignidade!
GILBERTO	*(atônito)* — Não, Raul!
TIO RAUL	*(para Judite)* — Você tem toda a razão, Judite. Eu, se tivesse de depor no tribunal, na polícia, em qualquer lugar, ficaria a seu lado e contra meu irmão. E vamos fazer o seguinte: depois que você foi espancada e que chamou seu marido de canalha, é óbvio, claro, que não pode haver mais nada entre vocês, nada!

	Isso tem que ser resolvido já. Você vai apanhar agora mesmo sua filha e vamos sair juntos.
JUDITE	*(crispada)* — Para onde?
TIO RAUL	— Para a casa de seus pais.
JUDITE	— Sair para não voltar?
TIO RAUL	— Mas evidente, para não voltar!
JUDITE	*(recuando)* — Não quero.
TIO RAUL	— Não vem comigo?
JUDITE	— Eu fico!
TIO RAUL	*(exasperado)* — Mas você mesma não o chamou de canalha?
JUDITE	— Meu lugar é aqui!
TIO RAUL	*(na sua cólera contida)* — Uma última pergunta: quero saber se você ainda gosta do homem que a chamou de marafona? Quero saber se ainda o ama.
JUDITE	*(numa reação histérica)* — Amo! Amo! *(explode em soluços. Ao mesmo tempo, Gilberto grita, exulta)*
GILBERTO	*(agarrando o irmão)* — Viste? *(sôfrego)* E agora, acreditas ou não que o banho foi um sintoma? *(apontando a mulher)* Dei-lhe na cara, bati no ouvido, mas fica. E fica porque traiu! Fica porque é adúltera! Não tem brio, nem para fugir.

	(com um riso soluçante) Ela nem gritou, Raul! Apanhou sem gritar! A inocente gritaria!
JUDITE	*(alucinada)* — E grito, sim. *(gritando)* Eu sou inocente!
TIO RAUL	*(sem cólera e com asco)* — Um merece o outro!
JUDITE	*(desesperada)* — Mas se eu for contigo ele põe outra em meu lugar...
TIO RAUL	*(saturado)* — Nesse caso, cessa a minha atuação e...
GILBERTO	*(precipita-se para o irmão num apelo)* — Não vá, Raul! Ainda não!
TIO RAUL	*(sóbrio e irredutível)* — Você é um crápula!
GILBERTO	*(estende para o irmão as duas mãos crispadas)* — E se eu te disser que estou doente? *(segurando o irmão)* Raul, não posso ficar entregue a mim mesmo, porque, te juro, sou capaz de matar minha mulher e de me matar. *(com um ricto de louco)* Ainda agora tive a sensação de que as mesas da casa, as mesas, vinham me estrangular! *(aperta a cabeça)* E minha cabeça? São obscenos os miolos da minha cabeça! Eu olho e vejo os amantes de minha mulher. *(aponta as paredes)*

Os amantes escorrendo como água nas paredes infiltradas... E quando tu chegaste, eu pensei que também tu desejarias minha mulher, que também acharias linda a minha mulher, linda, linda, linda! *(num apelo selvagem)* Quero ser internado, Raul!

TIO RAUL — *(atônito)* — Calma. Eu tenho um médico conhecido. Falo com ele amanhã.

GILBERTO — Não posso esperar! Amanhã é tarde demais! Conheces alguma casa de saúde?

TIO RAUL — Para quê?

GILBERTO — *(num esgar de choro)* — Raul, me leva, já, de táxi, Raul, para uma casa de saúde, já!

TIO RAUL — *(conciliatório)* — Não seria melhor, por exemplo... psicanálise?

GILBERTO — Não, Raul! Quero um lugar em que eu possa gritar, onde eu seja amarrado materialmente! Psicanálise não. Calmantes, eu quero calmantes! Ou, já sei: malária! Não acredito em psicanálise, mas acredito em febre! Quero que a febre queime os miolos da minha cabeça e sobretudo isto: não quero pensar. *(num crescendo fanático)*

TIO RAUL — Não quero, não quero, não quero! *(termina num soluço)* — Eu chamo o médico aqui, ele vem aqui.

GILBERTO — Não espero nem mais um minuto, vamos!

TIO RAUL — Eu te levo.

JUDITE *(sofrida)* — Um momento, Raul: eu quero beijar meu marido.

GILBERTO *(recua, numa crise violenta, num berro)* — Não! Teu beijo ainda tem a saliva do teu amante!

(Saem Raul e Gilberto. Trevas no plano da evocação. No plano da realidade atual, aparece Raul.)

TIO RAUL *(apenas informativo)* — Apanhamos um táxi na esquina. No caminho ele gritava...

(No plano da lembrança, estendendo as duas mãos crispadas, Gilberto geme.)

GILBERTO — Odeio minha mulher e odeio minha filha porque é filha de minha mulher!

(Gilberto imobiliza-se no plano da lembrança. Raul, sozinho, na realidade.)

TIO RAUL — Com a roupa do corpo, teu pai entrou na casa de saúde da Gávea...

(Gilberto fala no plano da lembrança.)

GILBERTO *(crispado)* — Avisa que eu não quero ver ninguém! Nem mãe, nem mulher, nem irmão, nem amigo. Voltarei, se voltar, quando for outro homem. Não quero mais ser o que sou. *(enfurecido)* Quero ser louco em paz e só!

(Trevas no plano da lembrança. Raul, no plano atual.)

TIO RAUL — Passou lá seis meses. Sabíamos notícias pelo telefone. Ninguém o visitou, nunca. Jamais houve na terra um homem tão só. E, um dia, eu telefonei...

(Judite, no plano da lembrança, com gestos de quem faz sua toalete.)

TIO RAUL — ...e lá me disseram: "Acaba de sair." Mas não é possível! Saiu como? Teve alta? Assim tão de repente e sem avisar? Ah! ele queria fazer uma surpresa? Compreendo... surpresa...

(Por detrás de Judite, sem que esta o perceba, acaba de aparecer Gilberto.)

GILBERTO *(na sua paixão contida)* — Linda!

JUDITE *(vira-se, rápida, em pânico)* — Gilberto!

GILBERTO — Minha carícia!

JUDITE *(recuando)* — Não avisou, por quê?

GILBERTO *(avançando)* — E o meu beijo? *(agarra Judite)*

JUDITE *(fugindo com o rosto)* — Cuidado com a minha pintura!

GILBERTO *(ainda contido)* — Como cheira bem!

JUDITE *(com surda impaciência)* — Vamos conversar.

GILBERTO — Primeiro o beijo.

JUDITE — Na face!

GILBERTO *(fora de si)* — Na boca, bem molhado, na boca, quero a boca, essa boca, anda!

JUDITE — Mas eu tenho que sair!

GILBERTO *(sem cólera e apenas espantado)* — Sair? E eu? Estou aqui, de novo. Não compreendes que eu voltei? Que é a minha ressurreição? *(sôfrego)* Te lembras quando eu te pedia para pôr saliva em minha boca? *(no ouvido da mulher)* Eu quero beber na tua boca, vem!

JUDITE *(brusca)* — Espera um pouco!

GILBERTO — Esperar ainda?

JUDITE — Você não me avisou e eu assumi um compromisso. Paciência, meu filho!

GILBERTO — Mas Judite! Não percebes que não pode haver compromisso maior que a minha ressurreição? Ou tens medo de mim? Estou bom, tive alta, fiz malária, Judite!

JUDITE *(lenta e falsa)* — Infelizmente não posso faltar a esse compromisso!

GILBERTO — Com quem é esse compromisso?

JUDITE *(vacilando)* — Uma pessoa.

GILBERTO — É mais importante do que eu? Do que o nosso amor? Faz o seguinte: telefona, explica que eu cheguei, não custa!

JUDITE — Não é pessoa.

GILBERTO — Como?

JUDITE *(mais informativa)* — É promessa.

GILBERTO — Por mim?

JUDITE — Por ti.

GILBERTO (*num crescendo*) — Pela minha cura? Pela minha volta?

JUDITE — Mas claro!

GILBERTO (*num transporte*) — Sentias tanto a minha falta. Oh, querida! *(apertando a esposa nos braços)* Perdoa a minha insistência! E não penses que eu estou zangado, irritado. Eu não me irritarei nunca mais, eu te juro! Agora me dá o beijo e vai, sim, vai! Beija!

JUDITE — Depois, e, aliás, já estou em cima da hora, atrasadíssima. Até logo, até logo!

GILBERTO — Eu te espero!

(*Judite está um pouco afastada, na direção da porta.*)

GILBERTO — Vou te beijar todinha, da cabeça aos pés!

JUDITE (*com falsa voluptuosidade*) — Não me provoca! *(afasta-se. O marido chama-a, pela última vez)*

GILBERTO — E olha!

JUDITE (*da porta*) — Fala!

GILBERTO (*com humildade*) — Deus te abençoe!

JUDITE (*frívola*) — Amém! *(sai)*

(Gilberto apanha uma combinação rosa, que está em cima de uma cadeira. Passa a combinação no próprio rosto. Larga a combinação em cima da cadeira. Entra Raul.)

TIO RAUL — Mas que foi isso? *(abraçam-se com tremenda efusão)*

GILBERTO — E mamãe? O pessoal todo?

TIO RAUL — Você está com outra cara!

GILBERTO — A cara é o menos! Outra alma e te juro: eu sou outro, profundamente outro. *(com angústia)* E sabe por que é que enlouquecemos? Porque não amamos!

TIO RAUL — Quer dizer que a malária resolveu?

GILBERTO — Pode falar de minha doença à vontade que eu até acho graça. Bem, a malária deu certo, sim. E, aliás, não foi só a malária: sobretudo a vontade de viver para amar.

TIO RAUL *(olhando em torno)* — E tua mulher?

GILBERTO — Saiu agorinha mesmo, neste instante.

TIO RAUL — Como? Logo hoje, no momento em que você chega?

GILBERTO — Veja você que coincidência: cheguei quando Judite saía para fazer uma promessa, em minha intenção, é claro. Te digo: as mulheres são fabulosas. Por exemplo: esse negócio de promessa é

TIO RAUL
    um achado perfeito. Nós não fazemos promessa. *(eufórico)* O homem é um animal, positivamente.
    — Bem, eu também vou chegando, porque tenho que resolver uma parada. Passo amanhã por aqui.

GILBERTO
    (comovido) — Passa e traz todo o mundo.

(Trevas. Em seguida, ilumina-se a extremidade oposta. Aparece toda a família de Raul: a mãe, de preto, enchapelada, irmãos, tios. Raul vem falar no plano da realidade. Os outros permanecem imóveis, de perfil, cerimoniosíssimos.)

TIO RAUL   — Na manhã do dia seguinte apanhamos dois táxis e fomos, todos, para a casa de Gilberto.

(Luz sobre Gilberto e Judite. Ele, nu da cintura para cima, o rosto ensaboado, está fazendo a barba. Ao lado, Judite, de quimono.)

GILBERTO   — Não deixa faltar guaraná.
JUDITE   — E Coca-Cola. *(toma nota. Gilberto para, um momento, de fazer a barba)*

GILBERTO — Não cortando tua conversa. Na casa de saúde, depois da malária, estive pensando o seguinte: nós estamos errados em muitas coisas. Queres ver um exemplo? Não damos importância ao beijo na boca. E, no entanto, vê se eu tenho razão: *(com grave ternura)* o verdadeiro defloramento é o primeiro beijo na boca.

JUDITE — Santa Bárbara!... *(novamente frívola)* Sanduíches, quantos?

GILBERTO — Talvez uns oitenta?

JUDITE — Dá?

GILBERTO — E sobra.

JUDITE — Fica faltando o quê?

GILBERTO — Mais uns salgadinhos.

JUDITE — Ih, deixa eu tomar nota da mãe-benta!

TIO RAUL *(chamando)* — Não tem ninguém? *(fala do andar térreo)*

JUDITE — Raul.

GILBERTO *(aproxima-se da imaginária escada)* — Sobe, Raul!

TIO RAUL — Estou com o pessoal.

GILBERTO — Mamãe, que surpresa!

JUDITE — Esperávamos vocês mais logo.

GILBERTO — *(eufórico)* — Mas é uma invasão completa.

MÃE — *(cortante, para Judite)* — Não me beija, que eu estou resfriada.

VOZES — — Estás mais gordo! Corado! Bem--disposto!

GILBERTO — — Ora, nós íamos fazer uma mesinha mais tarde!

JUDITE — — Quer tirar o chapéu, d. Nieta?

MÃE — *(formal)* — Estou bem assim! *(para Raul)* Fala, Raul!

TIO RAUL — — Bem, Gilberto, nós queríamos conversar contigo.

GILBERTO — — Comigo? Pois não. Alguma novidade?

MÃE — — É assunto particular, meu filho.

JUDITE — — Não posso ouvir?

TIO RAUL — — Exatamente. É assunto que interessa a nós e a Gilberto e a mais ninguém.

JUDITE — — Compreendo. Com licença. *(sai)*

GILBERTO — *(desconcertado)* — Vem cá, Judite! *(Judite não atende)* Mas ela não pode ouvir por quê?

TIO RAUL — — Vamos lá para dentro!

(Colocam-se todos na outra extremidade do palco. Sentam--se em pequenos bancos. Só Raul e Gilberto estão de pé.)

GILBERTO	*(com inquieta alegria)* — Quanto mistério!
TIO RAUL	— Gilberto, o que nos traz aqui é o seguinte.
GILBERTO	— Um momento. Eu vou vestir uma coisa qualquer... Volto já... *(sai)* *(cochichos entre os que ficam)*
TIO RAUL	*(baixo)* — Observem os modos, as reações dele, observem! E depois digam se eu não tenho razão!
PRIMEIRO IRMÃO	— O que eu sinto nele é uma bondade doentia, sei lá!
SEGUNDO IRMÃO	— A malarioterapia é troço superado!

(Gilberto com Judite.)

JUDITE	— Você viu a atitude de seu pessoal?
GILBERTO	— Vi e é por isso que estou aqui. Olha: não liga, meu anjo, não liga! O que interessa é que eu te amo e mais do que nunca! *(incerto)* Só acho que você está um pouco diferente, não sei. Ou é impressão?
JUDITE	*(dolorosa)* — Impressão.

(Gilberto mudou a camisa durante a conversa.)

GILBERTO *(ansioso)* — Ontem à noite eu não vi em você um abandono; você ainda resiste, Judite, como se duvidasse de mim. Eu te beijei no ouvido e tu não reagiste como antigamente e... *(com falsa euforia)* De qualquer maneira, te achei divina... Bem, deixa eu ir que estão me esperando... *(de longe faz a mímica correspondente)* Um beijo nessa boquinha.

JUDITE — Pra ti também.

(Gilberto está com a família. Há um silêncio entre ele e os outros.)

GILBERTO — Parece um julgamento!

MÃE — Quem sabe?

TIO RAUL *(para os outros)* — Agora eu peço que não me interrompam. *(para Gilberto)* Hoje, bem cedinho, eu reuni toda a família para comunicar o que você vai saber neste momento. Aliás, o principal interessado é você mesmo. Trata-se do seguinte: quando você foi para a casa de saúde, eu comecei a observar umas tantas coisas que me desagradaram. Finalmente, há um mês, fiz apenas o seguinte, vá escutando: paguei a um ex-investigador, meu conhecido, para

	acompanhar os passos *(elevando a voz)* de Judite!
GILBERTO	— Por que de Judite? A troco de quê?
TIO RAUL	— Já chegaremos lá. O fulano fez o diabo: espiou em buracos de fechadura, ouviu nas portas, meteu-se detrás de guarda-vestidos. No fim de vinte dias apareceu. Gilberto, a minha intuição estava certa. Hoje tenho aqui, comigo, tudo: nome, endereço, telefone e sei, inclusive, de vários detalhezinhos de alcova.
GILBERTO	— Mas que é isso? Nome de quem? E que endereço?
TIO RAUL	*(feroz)* — Do amante, percebeste? Do amante!
MÃE	— Do amante de tua mulher!
PRIMEIRO IRMÃO	— Falem baixo.
GILBERTO	— Vocês estão falando de Judite?
TIO RAUL	— Te digo, já, nome, profissão, residência, idade do amante. Queres?
GILBERTO	— É mentira!
PRIMEIRO IRMÃO	— Não gritem, que ela pode ouvir!
MÃE	— Escuta o resto!
TIO RAUL	— Ainda ontem, dia de tua chegada, ela teve a coragem de te largar aqui e, sob que pretexto? De uma promessa! E a promessa era o amante, o amante que a esperava. *(muda de tom, arquejante)*

Que dia era ontem? Sexta-feira. Muito bem: sexta-feira é um dos três dias da semana que ela se encontra com o amante.

GILBERTO — Acabaste?

TIO RAUL — Por quê?

GILBERTO — Quero que me respondas: que interesse é esse? A mulher é minha ou tua? E por que odeias a quem traiu a mim e não a ti?

MÃE — Acreditas ou não?

GILBERTO *(num grito estrangulado)* — Não!

TIO RAUL *(possesso)* — Você resiste à evidência? Você recusa os fatos? Recusa as provas?

GILBERTO —Recuso! Eu não acredito em provas, eu não acredito em fatos e só acredito na criatura nua e só.

TIO RAUL — Mas é uma adúltera.

GILBERTO — A adúltera é mais pura porque está salva do desejo que apodrecia nela.

TIO RAUL *(para os outros)* — Vocês estão vendo? *(para Gilberto)* É essa a tua cura? Esse o resultado da malarioterapia?

GILBERTO *(veemente)* — Ouçam ainda! Não acabei!

TIO RAUL *(com achincalhe)* — Vamos ouvir! Vamos ouvir!

GILBERTO — Na casa de saúde eu pensava: nós devemos amar a tudo e a todos. Devemos ser irmãos até dos móveis, irmãos até de um simples armário! Vim de lá gostando mais de tudo! Quantas coisas deixamos de amar, quantas coisas esquecemos de amar. Mas chego aqui e vejo o quê? Que ninguém ama ninguém, que ninguém sabe amar ninguém. Então é preciso trair sempre, na esperança do amor impossível. *(agarra o irmão)* Tudo é falta de amor: um câncer no seio ou um simples eczema é o amor não possuído!

SEGUNDO IRMÃO — Bonito!

PRIMEIRO IRMÃO — Que papagaiada!

TIO RAUL *(contido)* — E, finalmente, qual é a conclusão?

MÃE *(para si mesma)* — Meu filho não diz coisa com coisa...

GILBERTO — É que Judite não é culpada de nada! E, se traiu, o culpado sou eu, culpado de ser traído! Eu o canalha!

TIO RAUL *(segura Gilberto pelos braços e sacode-o)* — Tua cura é um blefe. A tua generosidade, doença! Agora, sim, é que estás louco!

GILBERTO *(recuando)* — Vocês exigem o quê de mim?

TIO RAUL — O castigo de tua mulher!

MÃE	— Humilha bastante!
PRIMEIRO IRMÃO	— Marca-lhe o rosto!
GILBERTO	— Devo castigá-la eu mesmo? Na frente de vocês? *(com súbita exaltação)* Judite! Judite! *(para os outros)* Vocês vão ver! Vocês vão assistir! *(grita)* Judite! Judite!
JUDITE	*(aparece, em pânico)* — Que foi, meu Deus do céu?

(Silêncio geral. E, fora, então, de si, o marido atira-se aos pés de Judite.)

GILBERTO	*(num soluço imenso)* — Perdoa-me por me traíres!
JUDITE	*(desprendendo-se num repelão selvagem) (apontando)* — Está louco!
GILBERTO	*(sem ouvi-la)* — Perdoa-me!
JUDITE	*(para a família)* — Não está em si! Eu não traí ninguém!
TIO RAUL	*(para a família que se agita)* — Ninguém se meta! Ninguém diga nada! *(para a cunhada, caricioso e hediondo)* Pode falar, Judite! Quer dizer que você concorda conosco? Acha também que seu marido recaiu, digamos assim?
GILBERTO	— Não responda, Judite!

Perdoa-me por me traíres

JUDITE — Mas é evidente que está alterado... E, depois, não tem cabimento: diz "Perdoa-me por me traíres", ora veja!

TIO RAUL — E acha que ele deve ser internado, não acha, Judite? Diga para a sua sogra, seus cunhados, diga, Judite!

JUDITE *(crispada e com certa vergonha)* — Deve ser internado!

TIO RAUL *(rápido e violento)* — Vocês me ajudem!

GILBERTO — Mas que é isso?

(Gilberto é seguro, primeiro por Raul e, em seguida, pelos outros. O doente esperneia e soluça.)

MÃE — Cuidado, não machuquem meu filho!

GILBERTO — Amar é ser fiel a quem nos trai!

TIO RAUL *(arquejante)* — É preciso! Você não pode ficar solto! *(para os outros)* Ponham num táxi e levem para a casa de saúde, já!

GILBERTO *(aos berros)* — Não se abandona uma adúltera!

MÃE *(chorando)* — Você vai ficar bom, Gilberto!

(Saem Gilberto e os outros. Ficam Raul, d. Nieta e Judite.)

JUDITE — Eu não entendo por que os médicos deram alta!

TIO RAUL *(está de costas para ela)* — Judite, por obséquio, quer trazer um copo de água?

JUDITE — Mineral ou do filtro?

TIO RAUL — Do filtro. Meio copo basta.

(Judite sai de cena.)

MÃE *(no seu ódio, acompanhando-a com o olhar)* — Como é limpa, como é cheirosa! Imagina tu que ela própria me disse que fazia a higiene íntima três vezes por dia, se tem cabimento! Tanto asseio não havia de ser para o marido, duvido!

TIO RAUL *(saturado)* — Mamãe, o problema não é esse, mamãe. Eu resolvo tudo, pode deixar. E saia um momento; espera lá fora, sim, mamãe?

MÃE — Humilha, ofende, mas sem violência. Violência não. Nada de bater.

(Sai. Judite reaparece com o copo de água. Raul apanha o copo.)

JUDITE — Isso me estragou o dia.

TIO RAUL — Obrigado, Judite. Estragou o dia, acredito. Primeiro vou adicionar isso

	aqui... *(está pondo um pozinho)* um marido internado é muito repousante... *(sóbrio e inapelável)* Agora, toma!
JUDITE	*(recuando)* — Para mim?
TIO RAUL	— Segura!
JUDITE	*(está com as mãos para trás)* — Mas que é isso?
TIO RAUL	*(ainda contido)* — Adivinha!
JUDITE	*(com esgar de choro)* — Remédio?
TIO RAUL	— Veneno.
JUDITE	*(com voz estrangulada)* Você enlouqueceu?
TIO RAUL	— Estou no lugar do irmão louco. Negas que tens um amante?
JUDITE	— Nego. E você não é meu marido!
TIO RAUL	— Te direi um detalhe, um detalhe só, e verás que é inútil mentir. *(com um riso estrangulado)* É verdade ou não que teu amante exige que lhe digas pornografias? *(exultante)* E não te contarei como soube disso, não! Talvez espiando no buraco da fechadura, ou ouvindo nas portas! *(corta o riso vil)* Agora confessa a mim, antes de morrer: tens um amante?
JUDITE	*(com um riso soluçante)* — Um amante? Um só? Sabes de um e não sabes dos outros? *(violenta e viril)* Olha: vai dizer a tua mãe, a teus irmãos, a tuas

	tias — fui com muitos, fui com tantos! *(subitamente grave e terna)* Já me entreguei até por um bom-dia! E outra coisa que tu não sabes: adoro meninos na idade das espinhas!
TIO RAUL	*(num soluço)* — Ou te matas ou te mato! Bebe!
JUDITE	*(mudando de tom, quebrando a voz num soluço)* — Eu me arrependo do marido, não me arrependo dos amantes! *(apanha o copo que vai levando à boca, lentamente. Enrouquecida)* Minha filha!

(Judite bebe de uma só vez, tudo. Em seguida larga o copo que se estilhaça no chão. Cai de joelhos, com as entranhas em fogo e tem um gemido grosso, de homem. Ainda agoniza quando o exausto Raul vai encontrar-se com a mãe.)

MÃE	— Passaste-lhe uma boa descompostura?
TIO RAUL	*(exausto de odiar e quase doce)* — Ela não trairá nunca mais...

FIM DO SEGUNDO ATO

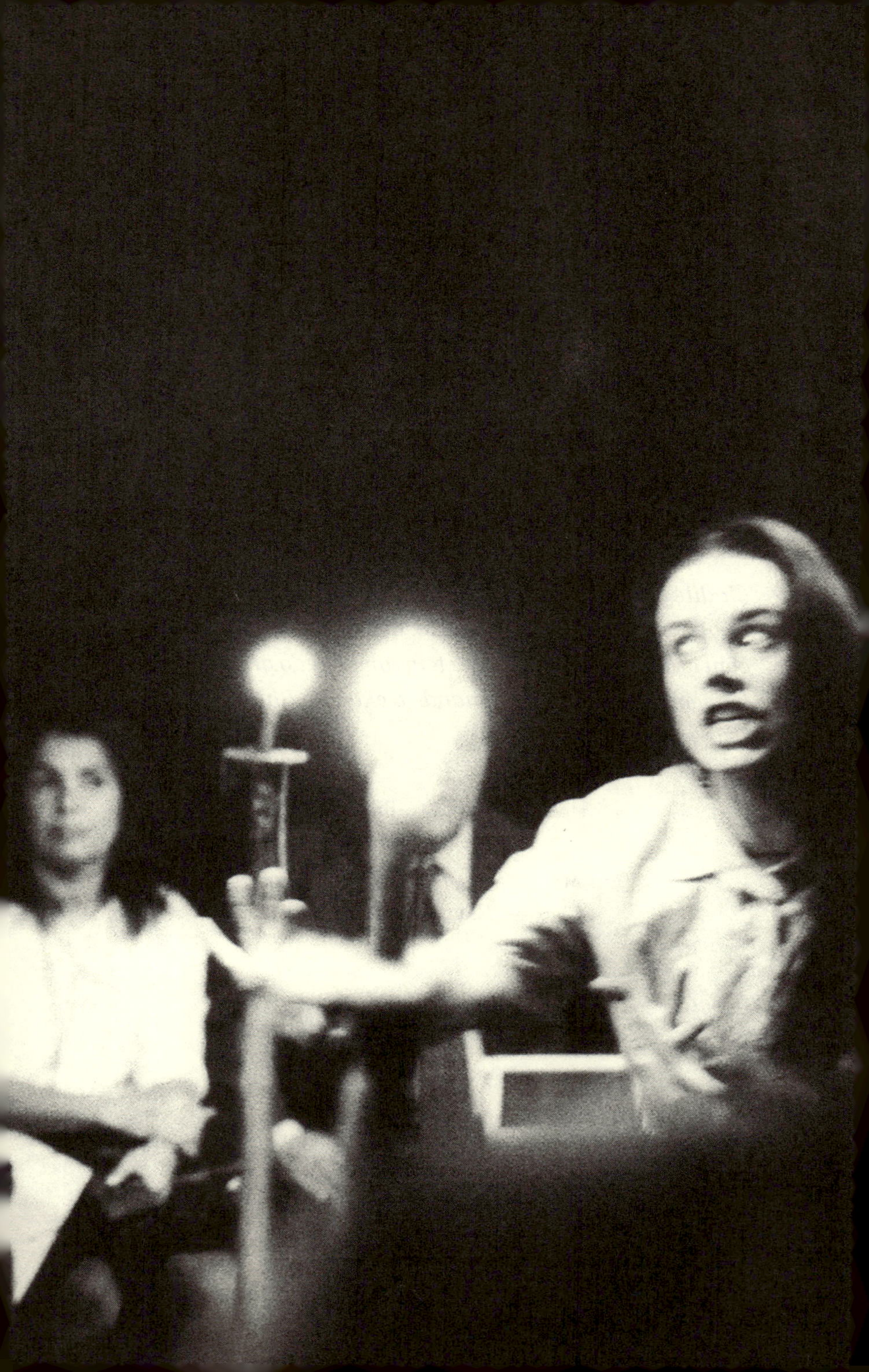

TERCEIRO ATO

(Raul acaba de contar, para Glorinha, a história de Judite. Vai passando tia Odete que, por um momento, estaca e diz a sua frase de sempre.)

TIA ODETE — *(na sua doçura triste)* — Está na hora da homeopatia! *(e passa adiante, mas, na sua ausência, sua sombra é projetada no fundo do palco)*

TIO RAUL — *(para Glorinha)* — Então, eu respondi: "Ela não trairá nunca mais!"

GLORINHA — E morreu? Mamãe morreu?

TIO RAUL — Morreu.

GLORINHA — Não foi suicídio?

TIO RAUL — *(batendo no peito)* — Eu a matei! Eu! E olha: ninguém sabe, ninguém! Inclusive minha mãe, meus irmãos pensam, até hoje, que foi suicídio! *(baixo, com um meio riso hediondo) (cresce)*

Mas o assassino está aqui e sou eu, o assassino! *(arquejando)* Segurei a alça, fui ao cemitério e, à beira do túmulo, derramei uma colher de pétalas em cima do caixão. Vê tu?

(Pausa.)

GLORINHA — Eu?

TIO RAUL — Não dizes nada?

GLORINHA *(num soluço)* — Nada!

TIO RAUL *(segura Glorinha pelos dois braços e sacode-a, gritando)* — Mas eu sou o assassino! *(baixando a voz)* É impossível que não tenhas nada a dizer ao assassino de tua mãe!

GLORINHA — Nada! *(vira o rosto)*

TIO RAUL — E viras o rosto?

GLORINHA *(num brusco lamento)* — Está me machucando!

TIO RAUL *(imperativo)* — Gosto que falem olhando para mim!

GLORINHA — Estou olhando!

TIO RAUL *(com violência)* — Responde: o que sentes por mim, agora, neste momento? E o que sentias antes? O que sentiste sempre, responde!

GLORINHA — Não sei.

TIO RAUL — Sabes! Tu me odeias? É ódio? Quero saber: tens ódio de mim? *(pausa)* Ou é medo? Sim, claro: sempre tiveste medo de mim, não é verdade? Eu te inspiro medo?

GLORINHA — Respeito.

TIO RAUL *(num berro)* — Mentira!

GLORINHA *(num soluço)* — Juro!

TIO RAUL *(atônito)* — Nem amor, nem ódio, nem respeito: medo, apenas! Agora e sempre o medo! *(com surdo desespero)* Mas se não respondes, se não dizes nada, hás de querer saber por que eu te contei tanto, por que eu te contei tudo! Sim, sua cachorrinha, o que eu não disse a minha mãe, o que eu não diria a meus irmãos, a ninguém, eu disse a ti! *(violentamente)* E por quê? *(com um meio riso soluçante)* Eu te darei a explicação daqui a pouco... Primeiro responde: tens visto a Nair?

GLORINHA *(crispada)* — Nair?

TIO RAUL *(com falsa naturalidade)* — Sim, exato, Nair, essa que vinha aqui, que deixou de vir. Nair, perfeitamente. Tens visto?

GLORINHA — Por quê?

TIO RAUL *(berrando)* — Tens visto?

GLORINHA	— Não.
TIO RAUL	— Nem ontem?
GLORINHA	— Nunca mais!
TIO RAUL	*(dispara as perguntas)* — Vocês eram amigas?
GLORINHA	— Nem tanto.
TIO RAUL	— Ou eram?
GLORINHA	— Pelo contrário.
TIO RAUL	*(cortante)* — Morreu.
GLORINHA	*(atônita)* — Quem?
TIO RAUL	*(exultante)* — Nair, essa mesma, que vinha aqui, que deixou de vir, morreu. Está satisfeita?
GLORINHA	*(desesperada)* — Não pode ser!
TIO RAUL	*(mudando de tom)* — Ontem eu estava aqui na minha casa, muito bem, quando bate o telefone. Atendo: era alguém que eu nunca vi mais gordo e que me chamava com urgência. Fui e veja você: era um ginecologista que te conhece.
GLORINHA	— A mim?
TIO RAUL	— A ti!
GLORINHA	— Mas, e o nome dele?
TIO RAUL	— Ou nunca foste a um ginecologista?
GLORINHA	*(com medo selvagem)* — Nunca!

TIO RAUL	(*com riso ignóbil*) — A inocente! (*muda de tom, violento*) Por que mentes?
GLORINHA	— Palavra de honra, titio!
TIO RAUL	(*arquejante*) — Mas não importa que mintas. Aos dois anos de idade já mentias. E te digo mais, toma nota: (*com um novo riso*) deves mentir, agora podes mentir, mente, anda!
GLORINHA	— E se eu jurar?
TIO RAUL	(*fora de si, berra para a sobrinha*) — Eu te ordeno que mintas!
GLORINHA	(*soluçante*) — Eu não menti!
TIO RAUL	— Ah, não? Mas o médico me descreveu o teu tipo exatamente...
GLORINHA	(*interrompendo*) — De palpite! Pode crer! Foi de palpite!
TIO RAUL	(*arquejante*) — Palpite... O miserável batia com a cabeça nas paredes e queria que eu lhe cuspisse na cara... Mas Nair... Nair me contou tudo antes de morrer, tudo, sua descarada!
GLORINHA	— A Nair?
TIO RAUL	— Ia morrendo e contando!
GLORINHA	(*violenta*) — Titio, é mentira, titio, não acredite! Nair é que não presta, nunca prestou! É falsa, titio! Tão falsa! Menina

sem pudor nenhum, nenhum e posso lhe provar! Ficou com raiva, ódio de mim, porque queria morrer comigo e eu recusei, sim!

TIO RAUL — Falas assim de uma amiga que acaba de morrer?

GLORINHA — Não era minha amiga!

TIO RAUL *(com sofrido espanto)* — Se tu visses a hemorragia!

GLORINHA — Queria me levar para lugares que só o senhor vendo!

TIO RAUL *(agarra Glorinha. Decisivo)* — Vem cá e responde!

GLORINHA — Me oferecia até dinheiro, titio!

TIO RAUL — Responde, olhando para mim, assim: Nair não tinha pudor, e tu?

GLORINHA — Eu?

TIO RAUL — Tiveste pudor algum dia? E quando?

GLORINHA — Eu tenho pudor!

TIO RAUL — Mas então explica: naquele Carnaval, que eu passei fora, tu foste ou não foste...

GLORINHA — Não!

TIO RAUL — ...ao apartamento de um degenerado, com a fantasia em cima da pele? Lá te puseram lança-perfume até na boca!

	E depois, te arrancaram a fantasia, ou estou mentindo? Quero a verdade e você vai me dizer a verdade! Fala!
GLORINHA	— Mentira de Nair!
TIO RAUL	— Nem foste a uma casa assim, assim, só para deputados? Uma casa de meninas de família? *(com uma doçura hedionda)* Não estiveste, lá, com um deputado? Ninguém mente na hora da morte e Nair mentiu?
GLORINHA	— Mentiu!
TIO RAUL	— Ou a mentirosa és tu?
GLORINHA	— Ela!
TIO RAUL	— E outra coisa: por que falas tão pouco, por que quase não falas, por que dizes apenas "sim" e "não", por que finges e por que prendes os lábios?
GLORINHA	*(fora de si)* — Não sei!
TIO RAUL	— E como não falas nunca, a conclusão é que sou muito curioso de ti, de tua alma, de tudo que não dizes, de tudo que não confessas. *(exasperado, virando-se na direção de tia Odete)* Porque eu estou farto de silêncio, farto de coisas não ditas. E não é só tu: minha mulher também.
TIA ODETE	*(com sua grave ternura)* — Está na hora da homeopatia!

TIO RAUL — Não fala, ou antes: repete uma frase, vive e sobrevive por causa de uma frase! *(com surdo sofrimento)* Mas talvez seja tão falsa como tu, na sua loucura de silêncio! Talvez me odeie como tu odeias! E eu só queria saber o que ela não diz, o que ela não confessa! *(e, súbito, começa a rir, em crescendo. Corta o riso, já sem excitação)* Passei esta noite em claro, vendo uma hemorragia. Estou cansado e com sede! *(lento, sem desfitá-la)* Vai buscar um copo d'água. *(pausa)* Não ouviste? Tenho sede. Vai buscar um copo d'água.

GLORINHA *(recuando)* — Não.

TIO RAUL *(caricioso e ignóbil)* — Tens medo? Medo de quê?

GLORINHA *(chorando)* — Eu não fiz nada, titio!

TIO RAUL — Mas se tens medo, por que não gritas?

GLORINHA — Não quero.

TIO RAUL — Ou, então, por que não corres?

GLORINHA *(soluçando)* — Não sei.

TIO RAUL — Mas eu sei: não corres, nem gritas, porque me pertences. Porém te aviso: se correres ou se gritares, eu estou armado e te mato a bala, experimenta! *(rindo)* E compreendes agora por que eu contei a história de tua mãe? *(os dois estão falando surdamente, rosto com rosto) (baixo)* Porque vocês duas se parecem como duas chamas e vão ter o mesmo destino, Glória!

GLORINHA — *(baixo também)* — Não quero morrer!

TIO RAUL — *(exultante)* — E todos dirão que foi suicídio!

GLORINHA — *(soluçando)* — Eu quero viver! *(vai aos pés do tio, abraça as suas pernas)* Perdoa, titio!

TIO RAUL — *(displicente e irônico)* — Perdoar o quê, se não confessaste nada? Se negas tudo? Levanta! *(ajuda Glorinha a erguer-se)* Queres mesmo viver e farias tudo para viver?

GLORINHA — *(feroz)* — Tudo!

TIO RAUL — — Escuta: há uma única hipótese de salvação para você!

GLORINHA — *(feroz)* — Oh, graças!

TIO RAUL — — Mas espera! É o seguinte: eu te perdoaria a vida se me contasses tudo. Eu quero saber quem és. Eu sempre te julguei uma coisa e vejo que és outra. Sempre te julguei, sabes quê? Uma menina sem sexo, isso mesmo — uma menina sem sexo. Eu não admitia nunca que, até aos 16 anos, tivesses tido um desejo, jamais. E, de repente, alguém me diz que há, em ti, uma deformação monstruosa. Eu quero saber se és uma coisa ou outra. Nada sei de ti, nada de tua alma, ou por outra: sei de ti o que a Nair me contou. Agora quero a tua própria confissão. E se disseres tudo, absolutamente tudo, eu te perdoo a vida. Aceitas assim?

GLORINHA — Aceito.

TIO RAUL — Ótimo. Vamos começar: tu me odeias?

GLORINHA *(vacilando)* — Não.

TIO RAUL *(exasperado)* — Não odeias o assassino de tua mãe?

GLORINHA *(fora de si)* — Não!

TIO RAUL *(possesso)* — Sua mentirosa!

GLORINHA *(tem uma explosão)* — Pois odeio, pronto, odeio!

TIO RAUL — Ótimo, odeias...

GLORINHA — Odeio.

TIO RAUL *(ofegante)* — Mas não basta... Quero sentir a espontaneidade, que nunca tiveste. Ainda estás inibida — o medo ainda te domina, o medo. Responde: para salvar tua vida, tu me xingarias?

GLORINHA — Ao senhor?

TIO RAUL — A mim!

GLORINHA — Mas, por quê?

TIO RAUL — Pelo seguinte: se me xingares, terás espontaneidade. É preciso acima de tudo espontaneidade... Anda, xinga!

GLORINHA — Mas eu não sei, titio!

TIO RAUL *(enfurecido)* — Como não sabe? Sabe, sim! Por acaso, nunca ouviste um nome feio? Ou nunca disseste um nome feio?

GLORINHA — Não.

TIO RAUL *(violento)* — Ou preferes morrer? Porque eu te mato, Glória, como matei a tua mãe, a sem-vergonha de tua mãe! *(quase doce)* Vem, eu te ensino. Por exemplo: me chama de canalha. Vamos, diz: canalha!

GLORINHA *(num sopro de voz)* — Não tenho coragem!

TIO RAUL *(exasperado)* — Mas sou eu que estou mandando!

GLORINHA *(chorando)* — Isso não, titio!

TIO RAUL *(furioso)* — Ah, não dizes? Não queres dizer? *(súbito a esbofeteia. Glorinha, debaixo de bofetadas, recua circularmente)*

GLORINHA *(aos soluços)* — Pelo amor de Deus, titio!

TIO RAUL — Diz ou não diz?

GLORINHA — Digo. *(tio e sobrinha estão rosto com rosto)*

TIO RAUL	— Estou esperando.
GLORINHA	*(baixo)* — Canalha...
TIO RAUL	— Mais alto!
GLORINHA	— Canalha!
TIO RAUL	— Grita!
GLORINHA	*(num berro selvagem)* — Canalha! *(cai de joelhos, soluçando)*
TIO RAUL	*(arquejante e aplacado)* — Muito bem: já chamaste de canalha o tio que, até há um minuto, era sagrado, o tio sagrado, o grande tio, o tio que era mais do que um pai, quase um Deus... *(faz a menina erguer o rosto)* E, agora, podes dizer tudo, Glória, é verdade o que a Nair contou?
GLORINHA	*(num soluço)* — Tenho tanta pena de Nair!
TIO RAUL	— Não interessa Nair. *(num berro)* E por que choras? Enxuga as lágrimas, anda, enxuga! *(encarniçado)* Eu te quero cínica, bem cínica, bem ordinária, sobretudo ordinária! Nada de atitudes de menina de família! *(Glorinha já enxugou as lágrimas)* Estiveste, ontem, na tal casa de meninas?
GLORINHA	— Sim, estive.
TIO RAUL	— Agora, presta atenção, que é importante: o que houve entre você e o deputado? Conta a verdade, Glória, não

	me esconda nada, absolutamente nada. Quando vocês ficaram sós no quarto...
GLORINHA	— Era sala.
TIO RAUL	— Ou sala. Mas... por que sala? E na frente de todo o mundo?
GLORINHA	— Não tinha ninguém, só nós dois.
TIO RAUL	— O que foi que ele te fez? Te abraçou? Te beijou?
GLORINHA	— Não tocou em mim!
TIO RAUL	— Como não tocou em ti?
GLORINHA	— Ficou só de longe, gritando, mas sem chegar perto!
TIO RAUL	*(na sua incredulidade indignada)* — Nem ao menos tiraste a roupa? Ficaste nua? Nua?
GLORINHA	— Era velho, gagá...
TIO RAUL	*(num berro)* — Chega! *(agarrando-a)* Ou pensas que eu acredito? Já me iludiste muito e basta! Só sabes mentir!
GLORINHA	— Bem: eu menti, sim, é mentira... eu...
TIO RAUL	— Continua!
GLORINHA	— Tirei a roupa e não era gagá, não... Devia ter a idade do senhor...
TIO RAUL	*(num esgar de choro)* — A minha?
GLORINHA	— Uns 48 anos, talvez.

TIO RAUL — *(passa a mão nos cabelos da pequena) (num soluço estrangulado)* — Quando eu me lembro que te vi nascer, que te segurei no colo, que te criei! *(muda de tom)* Mas se ele tinha a minha idade...

GLORINHA — Parecido com o senhor!

TIO RAUL — Comigo?

GLORINHA — Com o senhor. *(estão falando baixo. Esboça uma carícia por cima da cabeça do tio)* Só que tinha mais cabelos brancos. O senhor quase não tem cabelos brancos. Um ou outro.

TIO RAUL *(atônito)* — Não era esse velho, nosso vizinho? A Nair me disse que era.

GLORINHA *(sem ouvi-lo e falando baixo)* — Pensei tanto no senhor, mas tanto!

TIO RAUL *(fora de si, afasta-se, trôpego, da sobrinha. Fica falando de costas sem virar-se)* — Te pagaram? Recebeste dinheiro?

GLORINHA — Ficou para hoje e o homem quer que eu volte lá às 11 horas.

TIO RAUL *(vira-se assombrado. Precipita-se para a sobrinha. Desesperado)* — Quer que voltes, e tu? *(muda de tom)* Agora responde: se eu não soubesse de nada, tu voltarias lá? Ou por outra: se eu te perdoar a vida, tu voltarás lá, às escondidas?

GLORINHA — *(vacilante)* — Não.

TIO RAUL — — Mentira! Quero a verdade! Tua vida depende da verdade! Fala!

GLORINHA — — Quer mesmo saber?

TIO RAUL — — Tudo.

GLORINHA — *(violenta)* — Pois bem: depois do que eu sei, eu voltaria, sim, hoje às 11 horas e sempre. Para me vingar do senhor.

TIO RAUL — — Por ora me chama de você.

GLORINHA — *(viril)* — Para me vingar de você. Dos outros, de todos. Dos meus tios. De minha avó. E por você, o que eu sinto é nojo.

TIO RAUL — *(sardônico)* — Nojo de mim, perfeitamente, e que mais?

GLORINHA — *(exausta)* — É só.

TIO RAUL — *(triunfante)* — Acabaste, então? E não precisas acrescentar mais nada. Disseste tudo, tudo o que eu queria saber, tudo! *(começa a rir, em crescendo. Glorinha recua, apavorada)*

GLORINHA — — Mas foi você quem mandou dizer tudo!

TIO RAUL — — E me chama outra vez de senhor!

GLORINHA — — Chamo, sim! *(num berro)* O senhor prometeu, titio! *(tio Raul vai apanhar um copo de água) (Glorinha frenética)*

E eu menti! E eu menti! O deputado era velho, sim, e gagá! E não tirei roupa nenhuma! E ele não me tocou, não pôs a mão em mim!

TIO RAUL *(está pondo um pozinho no copo)* — Tens muito nojo de mim?

GLORINHA — Do senhor, não! Nojo do deputado, do Pola Negri, nojo de madame Luba, do senhor, não, titio, juro, eu gosto do senhor!

TIO RAUL *(estendendo-lhe o copo)* — Toma.

GLORINHA *(está de mãos nas costas. Fora de si)* — Eu não voltaria lá, nunca! Fui ontem porque Nair pôs na minha cabeça que eu devia ir!

TIO RAUL *(caricioso e ignóbil)* — Segura!

GLORINHA *(fascinada) (apanha o copo)* — E se eu não beber?

TIO RAUL — Ou tu morres pelas próprias mãos ou eu te mato!

GLORINHA *(lenta)* — Se eu devo morrer, então eu quero um beijo! Um beijo!

TIO RAUL — Tu me odeias e eu te odeio!

GLORINHA *(aproxima-se do tio)* — Antes de morrer quero ser beijada!

TIO RAUL — Não me odeias?

GLORINHA — Com o deputado eu só pensava no senhor... Agora me beija... *(tio Raul*

	roça os lábios na testa de Glorinha) Na boca!
TIO RAUL	*(num estrangulado soluço)* — Já te beijei!
GLORINHA	— Quero na boca. *(vira-se e vai pôr o copo em cima de um móvel. Volta e aproxima o rosto do tio)* Primeiro me abraça!
TIO RAUL	*(magnetizado, obedece. Abraça a sobrinha)* — Maldita! *(há um beijo frustrado) (tio Raul sôfrego)* Não feche a boca. Beija-me abrindo a boca. Mas tu sabes. Eu sei que tu sabes beijar, que não é a primeira vez... Beija--me como beijaste os outros...

(Há um novo beijo, com desesperado amor.)

GLORINHA	— E agora que o senhor me beijou, perdoa, titio!
TIO RAUL	— Perdoar?
GLORINHA	*(num soluço)* — Quero viver, titio!
TIO RAUL	*(selvagem)* — Então o beijo foi uma mentira, outra mentira, só sabes mentir? Beijaste para te salvar? Foi medo?
GLORINHA	*(desesperada)* — AMOR!
TIO RAUL	— Ou ódio?

GLORINHA — Te amo.

TIO RAUL *(com um esgar de choro)* — A mim?

GLORINHA — Sempre.

(Por um momento tio Raul passa a mão por trás da cabeça da sobrinha e contempla o seu rosto. Por fim, ele a empurra.)

TIO RAUL — Esta foi tua última mentira na terra!

GLORINHA *(agarra-se ao tio)* — Posso fazer também o meu último pedido na terra?

TIO RAUL — Fala.

GLORINHA — Já que eu devo morrer, não quero morrer sozinha como Nair, que morreu tão só. *(baixo e súplice)* Morre comigo, junto comigo! *(soluçando)* Juro que não teria medo de morrer contigo!

TIO RAUL — Morrer os dois? Nós dois?

GLORINHA — Seria lindo! E eu sei que você me ama! Não ama?

TIO RAUL — Primeiro responde: ficaste nua para o deputado?

GLORINHA — Não, titio!

TIO RAUL *(num imenso soluço)* — Mas se for mentira, eu te amo assim mesmo, te amo, te amo, te amo!

(De vez em quando tia Odete passa pela cena. E quando está ausente, sua sombra, engrandecida, é projetada no fundo do palco, andando de um lado para o outro.)

TIO RAUL — E, já que vamos morrer, Glória, podemos dizer tudo, um ao outro, não precisamos esconder, nem calar, podemos soltar todos os gritos, todos! *(violento, apontando para a sombra de tia Odete)* Só quem não fala é aquela ali, a louca do silêncio! Fala, Glória! porque podemos falar!

GLORINHA *(trincando os dentes)* — Velho!

TIO RAUL *(atônito)* — Que mais?

GLORINHA — Gagá!

TIO RAUL *(com surdo sofrimento)* — Continua...

GLORINHA *(está rindo em crescendo. Às gargalhadas, aponta o tio)* — Parece o deputado!

TIO RAUL *(desesperado)* — Eu?

GLORINHA — Tu!

TIO RAUL *(segura a sobrinha pelo pulso)* — Te parto a cara!

GLORINHA — CANALHA!

TIO RAUL *(soltando-a)* — Mas não te farei nada, nada! Escuta, Glória, antes de morrer, escuta! Contei a história de tua mãe, porém não te disse que a amava, que sempre a amei. Ainda agora, neste momento, eu a amo. *(berrando)* Eu matei a mulher, a cunhada que me repeliu e porque me repeliu. *(agarra novamente Glorinha — num soluço imenso)* JUDITE!

GLORINHA — Não sou Judite!

TIO RAUL *(atônito)* — Então, quem és?

GLORINHA — Glória!

TIO RAUL *(num lamento)* — És Glória, não és Judite?

GLORINHA — Judite morreu!

TIO RAUL *(sem ouvi-la, delirante)* — Judite, quando eu te fiz beber o veneno e caíste de joelhos, com as entranhas em fogo, eu te segurei pelos cabelos, assim, Judite! *(e de fato agarra Glorinha pelos cabelos)* Vi que ia morrer o corpo beijado por tantos, nunca beijado por mim! Foste minha agonizando, querida! Pela primeira vez, minha! Cerraste os lábios, para o meu beijo... Mas nem teu marido, nem teus amantes, ninguém te beijou na hora em que morrias, só eu!

GLORINHA — Assassino!

TIO RAUL *(num meio riso soluçante)* — Eu já não sabia se teu soluço era agonia ou volúpia, Judite...

GLORINHA	*(exasperada)* — Sou Glorinha!
TIO RAUL	— Oh, Judite, possuída por muitos, só amada por mim! *(está falando rosto a rosto com Glorinha)*
GLORINHA	*(violenta)* — Basta de falar de minha mãe!
TIO RAUL	*(voltando, lentamente, à realidade)* — Tua mãe... *(pausa) (num esgar de choro)* Está chegando o momento em que devias estar na casa das meninas! *(trôpego, vai buscar o copo)*
GLORINHA	— Anda como o deputado!
TIO RAUL	*(está apanhando o copo. De costas)* Insulta! *(de frente, agora empunhando o copo, com a mão que treme)*
GLORINHA	— Treme como o deputado! *(vem tio Raul, ainda trôpego)*
TIO RAUL	— Pronto, Glorinha!
GLORINHA	— Já não sou Judite?
TIO RAUL	*(indica o copo em cima do móvel) (mais velho do que nunca)* — Segura, Glorinha... Vamos beber... no mesmo copo... mas antes de morrer... diz... ficaste nua para o deputado?
GLORINHA	*(segura o copo)* — BEBE!
TIO RAUL	— Tu me amas?
GLORINHA	— Te amo!

TIO RAUL — Glorinha, eu te criei para mim. Dia e noite, eu te criei para mim! Morre pensando que eu te criei para mim!

(Os dois levam o copo aos lábios, ao mesmo tempo. Tio Raul bebe de uma vez só. Glorinha ainda não bebeu. Tio Raul cai de joelhos, soluçando.)

TIO RAUL *(num apelo)* — Bebe! MORRE COMIGO! *(num grosso gemido)*

(Na sua ferocidade, Glorinha atira-lhe no rosto o conteúdo do copo.)

TIO RAUL — Judite...

(Fora de si, Glorinha corre ao telefone. Tio Raul ainda se arrasta.)

GLORINHA *(discando, em seu desespero)* — Pola Negri! Sou eu, Pola Negri! Glorinha! Bem, obrigada. Olha: eu vou, sim, avisa à madame e ao deputado que eu vou. Meu tio... não se opõe... concorda... de forma que está tudo azul. *Bye, bye.*

(Tio Raul agoniza. Consegue erguer-se, num último esforço. Mas acaba rolando no degrau. Glorinha corre, abre a

porta e desaparece. Tia Odete, que vinha passando, estaca. Caminha lentamente para o marido morto. Senta-se no degrau. Pousa a cabeça de Raul em seu regaço.)

TIA ODETE *(na sua doçura nostálgica)* — Meu amor!

FIM DO TERCEIRO E ÚLTIMO ATO

SURPRÊSA NO TEATRO:
AUTOR FAMOSO ESTRÉIA COMO ATOR

co e Maurício Loyola do elenco de Carlos Machado, criando o "médico" e "Pola Negri", respectivamente. Finalmente, Abdias do Nascimento, criando o "Dr. Jubileu de Almeida; e Léa Garcia, fazendo a mística "enfermeira".

★

Há em "Perdoa-me por me traires", cenas de tremenda violência, e que talvez jamais foram representadas nos palcos. Cenas como a da colegial "Glorinha" com o "Dr. Jubileu de Almeida" no local condenado ou a cena do consultório do ginecologista, em que a jovem "Nair", vítima de tôda uma sociedade, morre numa operação criminosa — são realmente de tremendo vigor dramático e impacto emocional. Tudo isto, porém, ocorre num enrêdo profundamente moralista, que condena e cria horror pela baixeza moral.

Outra curiosidade de "Perdoa-me por me traires", é que por vontade expressa do autor será representada no Teatro Municipal, até o dia 29, para nunca mais voltar à cena.

AUTOR (E ATOR) ENSAIA COM O DIRETOR DO ESPETÁCULO, LÉO JUSTI, E O ATOR-EMPRESÁRIO GLAUCIO GIL ★ EM BAIXO: ABDIAS DO NASCIMENTO, LÉO E DJALMA PALMA, MARCANDO AS CENAS DA PEÇA.

Em outubro do ano findo, Nelson Rodrigues concluiu sua peça "Perdoa-me por me traires", guardando-a logo em seguida, pois seu intento era de não revelá-la ao público de maneira alguma. Este ano, porém, atendendo aos reiterados pedidos do ator empresário Gláucio Gill, do diretor Léo Jusi e de seu grande amigo Abdias do Nascimento, fundador do Teatro Experimental do Negro, resolveu permitir sua encenação e acedeu inclusive em nela estrear como ator, o que é um fato de registro no teatro brasileiro.

★

"Perdoa-me por me traires" reune um elenco de primeira linha, como sejam: Sônia Oiticica, vivendo três diferentes papéis numa brilhante demonstração de versatilidade, Maria de Nazareth, que estreou a "Antígona", fazendo "Judit!", Dália Palma, em "Glorinha", Yara Trexler, do balé do Teatro Municipal, interpretando "Nair", Gláucio Gill, o empresário, que é também um grande talento de nossos palcos, compondo o incompreendido "Gilberto", Namir Cury, um novo que desponta auspiciosamente, personificando um irmão do "tio Raul", além de Roberto Batalin, o galã cinematográfi-

NA PEÇA DE NELSON RODRIGUES (QUE VAI APARECER TAMBÉM COMO ATOR), CLÁUDIO GIL TEM GRANDE DESTAQUE. AO LADO, CLÁUDIO APARECE NUM INSTANTE DE "PERDOA-ME POR ME TRAIRES".

POSFÁCIO

O TEATRO DO MUNDO E A BUSCA DESESPERADA DA AUTENTICIDADE
*Victor H. A. Pereira**

Ao reler *Perdoa-me por me traíres* e me propor a apresentá-la a outros leitores, além da bela canção de Chico Buarque de Holanda de mesmo nome, veio-me à memória uma representação recorrente da experiência humana em diferentes épocas e culturas, a do "teatro do mundo". Essa representação provoca dúvidas sobre a possibilidade de que as ações humanas sejam pautadas inteiramente pela sinceridade e coerência. Questionamento que se aproxima ao de correntes filosóficas influentes no pensamento moderno e de disciplinas como a psicanálise sobre a possibilidade de os sujeitos terem total domínio consciente de suas atitudes.

---

* Professor aposentado de Teoria da Literatura da UERJ. É autor dos livros *A musa carrancuda, Nelson Rodrigues e a obscena contemporânea*, *Nelson Rodrigues, o freudismo e o carnaval nos teatros modernos*.

Embora se possa constatar um diálogo de suas obras com a psicanálise, Nelson Rodrigues recusava-se a reconhecer a legitimidade dessa disciplina e das práticas relacionadas a ela, conforme procurei demonstrar em alguns trabalhos. Suas constantes críticas e ironia diante das pretensões de verdade pautadas na racionalidade moderna aproximam-se mais das considerações filosóficas e religiosas de artistas e pensadores como Dostoiévski. Pode-se identificar essa afinidade tanto em suas obras quanto em declarações do autor. Como o romancista russo, ele acreditava que a fragilidade humana — sua propensão a aderir ao Mal — só pode ser redimida com o socorro da divindade. Essa concepção justifica a representação frequente dos personagens de suas crônicas e peças teatrais envolvidos em situações humilhantes, violentas e doentias, quase sempre provocadas por eles mesmos.

Sua trajetória como dramaturgo pode ser divida em dois momentos ou tendências principais. Em primeiro lugar, depois da estreia de grande repercussão da peça *Vestido de Noiva*, em 1943, que enfoca conflitos psicológicos em uma família de classe média do Rio de Janeiro, sua produção dramatúrgica passa a apresentar tramas em espaços e temporalidades que não reproduzem referências geográficas ou históricas precisas. O dramaturgo evidencia, nessas peças, a pretensão de representar situações arquetípicas transpostas de um tempo e de um espaço míticos; para isso, emprega recursos estéticos do teatro grego, entre eles os coros. O crítico Sábato Magaldi, ao estabelecer uma classificação dos gêneros dominantes na dramaturgia de Nelson Rodrigues, identificou como "peças míticas" *Álbum de Família* (1946), *Anjo Negro* (1947), *Senhora dos Afogados* (1947). Nelas, apesar da atmosfera carregada que evoca as tragédias áticas, revela-se um riso sarcástico do autor diante das pretensões da família patriarcal de conter as paixões que levam os indivíduos a transgredir os limites da ordem, não somente no campo do erotismo, mas também pelos impulsos de destruição ou dominação do outro.

Num segundo momento, a partir de *A Falecida*, em 1953, a dramaturgia de Nelson Rodrigues sofre transformações que a aproximam de suas atividades jornalísticas. O autor vinha tendo grande sucesso com a publicação de suas crônicas na coluna *A vida como ela é* do jornal *Última Hora*, e esses textos curtos e de grande apelo popular se tornam uma espécie de laboratório para a criação dramatúrgica, apresentando tipos humanos e situações depois burilados e desenvolvidos em suas peças. Sábato Magaldi classifica a maior parte das peças produzidas a partir dessa guinada estética na obra do autor como "tragédias cariocas". São elas, além de *Perdoa-me por me traíres* (1957), *Os sete gatinhos* (1958), *Boca de Ouro* (1959), *Beijo no Asfalto* (1960), *Otto Lara Resende ou Bonitinha, mas ordinária* (1962), *Toda nudez será castigada* (1965) e *A serpente* (1978). Ao refletir sobre a fragilidade da condição humana, mas também sobre sua grandeza, Nelson Rodrigues realiza, com essas obras, um painel abrangente dos valores dominantes em diferentes camadas da sociedade brasileira, com personagens da elite financeira e do poder na então capital da república, humildes funcionários públicos, prostitutas e indivíduos marginalizados. Estreada, em 1957, no Teatro Municipal do Rio de Janeiro, *Perdoa-me por me traíres* consolida a mudança na orientação estética evidenciada em *A Falecida*. No entanto, a incorporação dos recursos de linguagem e de personagens e situações que obtinham sucesso junto ao grande público de suas crônicas não bastam para garantir a aceitação de sua dramaturgia, e fazer esquecer o rótulo que o próprio Nelson se impôs de "autor desagradável". A estreia dessa peça provoca reações apaixonadas, transformando-se num escândalo que fica registrado na história do teatro brasileiro e marca a trajetória do autor. *Anjo Negro* e *Senhora dos Afogados* provocaram reações negativas da crítica, do público e problemas com a censura, mas nada tão radical como o que acontece na noite de estreia de *Perdoa-me por me traíres*, em 19 de junho de 1957. O conflito instaurado na plateia, entre os que aplaudem e os que vaiam a peça e o autor, quase se transforma em verdadeira tragédia. Wilson Leite Passos, vereador da UDN, leva ao extremo sua indignação e exibe um revólver durante discussão com um espectador que defende a peça. Talvez as reações negativas tenham se agravado pelo fato de Nelson Rodrigues ter decidido participar como ator na montagem sob a direção de Leo Jusi, e assumir, com ares de canastrão, o personagem hipócrita e cruel do tio Raul. Diante das vaias, junto aos atores no proscênio, Nelson xinga a plateia de "Burros! Zebus!". Em crônica, dias antes, o autor justifica ter aceitado participar como ator na peça:

> O engano milenar do teatro é que fez do palco um espaço exclusivo de atores e de atrizes. Por que nós, os nãoatores, as nãoatrizes, não teremos também o direito de representar? Objetará alguém que não dominamos o meio teatral. Protesto: dominamos sim. Que fazemos nós, desde que nascemos, senão teatro, autêntico, válido, incoercível teatro? (*Manchete*, 15/06/1957).

Essa declaração, que serve como uma proteção preventiva das reações negativas a sua atuação no palco, baseia-se, no entanto, nas concepções sobre a relação entre teatro e vida que norteia sua obra.Vincula-se essa perspectiva à que Mikhail Bakhtin (1987) identificou como herança das "tradições do cômico", em manifestações artísticas e culturais alternativas aos cânones que se impuseram a partir do Renascimento. Assim como na obra de outros criadores identificados com essas tendências, nas obras de Nelson Rodrigues, cenas da vida cotidiana são apresentadas, incorporando de modo irreverente referências culturais díspares e transitando entre o sublime e o grotesco.

As tragédias cariocas, como *Perdoa-me por me traíres*, além de suscitar a discussão de questões amplas atinentes ao comportamento humano, apresentam a perspectiva crítica de Nelson Rodrigues sobre o que considera consequências da modernização do país, sobretudo de seus impactos na cidade do Rio de Janeiro. Vale observar que sua perspectiva irônica e desconstrutora dos ideais de emancipação difundidos na modernidade parece às vezes motivada pela nostalgia diante da degradação de antigos valores e costumes, e afeta diretamente a forma estética que adota. Baseado nessas referências, o autor constrói uma galeria de tipos humanos que levam uma vida banal, sob a capa da pureza e ingenuidade, mas são atraídos para experiências-limite e chegam a perpetrar crimes hediondos.

É o caso, em *Perdoa-me por me traíres*, dos dois protagonistas, Glorinha e tio Raul. A ingênua Glorinha, que, na primeira cena, faz gazeta na escola para experimentar a prostituição, associa-se a outras personagens criadas pelo autor. O nome da personagem é retomado no romance *O Casamento*, publicado pelo autor em 1966, situando-a num outro contexto da sociedade carioca e com uma idade mais avançada, mas ainda em plena juventude. Com traços de semelhante ingenuidade, ela também sofre as influências de uma amiga mais experiente e é atormentada por suas fantasias de transgressão às normas de comportamento impostas ao gênero feminino. A aparente superficialidade na pintura de seres humanos como essas personagens possibilita, no entanto, ao autor colocar em diálogo, com eficiente efeito comunicativo, ideias e formas de comportamento moralmente conflitantes. Caracterizados de modo hiperbólico, o que é marca registrada de Nelson Rodrigues, os personagens são levados, num átimo, a transformações radicais que atropelam a coerência da estrutura psicológica individual. Os valores patriarcais são postos à prova em espaços como o prostíbulo e as discussões sobre questões comportamentais se misturam à confissão de atos criminosos; como ocorre, conforme observa Bakhtin (1987), na obra de autores como Dostoiévski.

A atualização dos recursos característicos dos melodramas, que influenciaram tanto a cultura do século XIX e até hoje se faz sentir na indústria cultural, é outro elemento que se destaca em *Perdoa-me por me traíres*. Entre esses recursos estão: as reviravoltas na condução do enredo; a frequência de cenas de impacto com grandes revelações; o papel desempenhado na trama do desejo de retaliação e vingança diante de frustrações passadas. No desenvolvimento do enredo, tem função importante a manutenção do suspense, provocando o espectador a acompanhar o desenlace das complicações que envolvem a protagonista e a curiosidade sobre quem é o tio Raul. No primeiro ato, o suspense se dá diante do interesse em saber como Glorinha, moça submetida ao rigor da vigilância doméstica, se sairá da encrenca de ter aceitado acompanhar a colega de escola Nair em dois espaços marginalizados: um prostíbulo e a clínica de um médico abortivo. A ameaça da punição pelo rigor do tio, que não aparece em cena, paira diante das situações-limite de que participa intimidada e indefesa.

O impacto provocado no espectador (leitor) pelas cenas iniciais não chega a obscurecer o eixo central da trama, constituído pelas experiências que fazem parte do aprendizado da protagonista em sua entrada na vida adulta. Mas diferentemente do que se apresenta em grande parte dos "romances de formação", no percurso de aprendizado de Glorinha, dá-se a desconstrução completa dos valores morais dominantes, levando-a ao desprezo pelos limites que distinguem o comportamento das "moças de família" das prostitutas. A revelação por tio Raul da verdadeira história familiar colabora para resolver a indefinição da personagem e a leva a atitudes extremas.

Nesse contexto de questionamento da hipocrisia, podemos compreender também a irreverência com que aparecem figuras de autoridade, tanto no campo doméstico como na vida pública. É o caso do dr. Jubileu de Almeida, parlamentar em idade avançada, que declara ser uma "reserva moral" do país, mas se revela ridículo e sem limites morais. Tio Raul, que intimidava a personagem Glorinha e exercia o controle de seus horários e das companhias com quem andava, revela a sua hipocrisia, numa reviravolta extrema e surpreendente da trama no final da peça.

O adultério, que tem função destacada nessa obra, é uma das obsessões, abordado com diferentes enfoques nas obras de Nelson Rodrigues. Conforme observou Gustavo Bernardo (1998), o adultério é associado pelo autor à revelação da verdade. Acrescente-se que a descoberta da hipocrisia que o acoberta resulta muitas vezes na morte; ou a verdade que revela só pode ser sustentada com o suicídio ou o assassinato. Reforça essa perspectiva a ideia de que somente na morte se revela definitivamente a natureza dos indivíduos.

Associada à busca da autenticidade e da verdade nas obras de Nelson Rodrigues situa-se também a prostituição. As prostitutas, apesar de serem representadas algumas vezes de forma grotesca em suas peças e em sua prosa ficcional, são colocadas em uma posição especial, que contrasta com as mulheres classificadas socialmente como honestas quanto à relação com a hipocrisia, caracterizada constantemente nas relações conjugais e no círculo familiar. Esse tipo de perspectiva que encara a prostituição como um desafio à hipocrisia social é comum entre artistas e intelectuais da primeira metade do século XX, inclusive no Brasil, como se evidencia, por exemplo, em obras de Jorge Amado.

A busca da autenticidade, de encontrar a verdade que concilie o indivíduo com seus desejos mais peculiares, embora isso implique nos gestos mais surpreendentes, é recorrente nos protagonistas das obras de Nelson Rodrigues. Relaciona-se a essa busca a frequência do apelo para os pactos de morte entre amantes, que responde ao reconhecimento da impossibilidade de manter a autenticidade de seus sentimentos no mundo que os cerca ou ao desejo de eternizar a realização plena da paixão com a morte.

A tentativa desesperada de atingir a verdade e a autenticidade nas relações humanas, ameaçada pela desconfiança em suas possibilidades de concretização, merece portanto ser analisada para a compreensão dos conflitos e paradoxos característicos dos personagens que povoam o universo ficcional de Nelson Rodrigues, e não somente a peça que privilegiamos nestes comentários.

Referências bibliográficas:

Bakhtin, Mikhail. *A cultura popular na Idade Média e Renascimento*: o contexto de François Rabelais. São Paulo: Hucitec, 1987.

Bernardo, Gustavo. O estatuto da traição. *Range Rede* — Revista de Literatura: dossiê Nelson Rodrigues. Rio de Janeiro: Editora da UFRJ, ano 4, nº 4, 1998.

SOBRE O AUTOR

NELSON RODRIGUES E O TEATRO

Flávio Aguiar[*]

Nelson Rodrigues nasceu em Recife, em 1912, e morreu no Rio de Janeiro, em 1980. Foi com a família para a então capital federal com sete anos de idade. Ainda adolescente começou a exercer o jornalismo, profissão de seu pai, vivendo em uma cidade que, metáfora do Brasil, crescia e se urbanizava rapidamente. O país deixava de ser predominantemente agrícola e se industrializava de modo vertiginoso em algumas regiões. Os padrões de comportamento mudavam numa velocidade até então desconhecida. O Brasil tornava-se o país do futebol, do jornalismo de massas, e precisava de um novo teatro para

---

[*] Professor de literatura brasileira da USP. Ganhou o Prêmio Jabuti em 1984, com sua tese de doutorado *A comédia brasileira no teatro de José de Alencar*, e, em 2000, com o romance *Anita*. Atualmente coordena um programa de teatro para escolas da periferia de São Paulo, junto à Secretaria Municipal de Cultura.

espelhá-lo, para além da comédia de costumes, dos dramalhões e do alegre teatro musicado que herdara do século XIX.

De certo modo, à parte algumas iniciativas isoladas, foi Nelson Rodrigues quem deu início a esse novo teatro. A representação de *Vestido de noiva*, em 1943, numa montagem dirigida por Ziembinski, diretor polonês refugiado da Segunda Guerra Mundial no Brasil, é considerada o marco zero do nosso modernismo teatral.

Depois da estreia dessa peça, acompanhada pelo autor com apreensão até o final do primeiro ato, seguiram-se outras 16, em trinta anos de produção contínua, até a última, *A serpente*, de 1978. Não poucas vezes teve problemas com a censura, pois suas peças eram consideradas ousadas demais para a época, tanto pela abordagem de temas polêmicos como pelo uso de uma linguagem expressionista que exacerbava imagens e situações extremas.

Além do teatro, Nelson Rodrigues destacou-se no jornalismo como cronista e comentarista esportivo; e também como romancista, escrevendo, sob o pseudônimo de Suzana Flag ou com o próprio nome, obras tidas como sensacionalistas, sendo as mais importantes *Meu destino é pecar*, de 1944, e *Asfalto selvagem*, de 1959.

A produção teatral mais importante de Nelson Rodrigues se situa entre *Vestido de noiva*, de 1943 — um ano após sua estreia, em 1942, com *A mulher sem pecado* —, e 1965, ano da estreia de *Toda nudez será castigada*.

Nesse período, o Brasil saiu da ditadura do Estado Novo, fez uma fugaz experiência democrática de 19 anos e entrou em outro regime autoritário, o da ditadura de 1964. Os Estados Unidos lutaram na Guerra da Coreia e depois entraram na Guerra do Vietnã. Houve uma revolução popular malsucedida na Bolívia, em 1952, e uma vitoriosa em Cuba, em 1959. Em 1954, o presidente Getúlio Vargas se suicidou e em 1958 o Brasil ganhou pela primeira vez a Copa do Mundo de futebol. Dois anos depois, Brasília era inaugurada e substituía o eterno Rio de Janeiro de Nelson como capital federal. A bossa nova revolucionou a música brasileira, depois a Tropicália, já a partir de 1966.

Quer dizer: quando Nelson Rodrigues começou sua vida de intelectual e escritor, o Brasil era o país do futuro. Quando chegou ao apogeu de sua criatividade, o futuro chegava de modo vertiginoso, nem sempre do modo desejado. No ano de sua morte, 1980, o futuro era um problema, o que nós, das gerações posteriores, herdamos.

Em sua carreira conheceu de tudo: sucesso imediato, censura, indiferença da crítica, até mesmo vaias, como na estreia de *Perdoa-me por me traíres*, em 1957. A crítica fez aproximações do teatro de Nelson Rodrigues com o teatro norte-americano, sobretudo o de Eugene O'Neill, e com o teatro expressionista alemão, como o de Frank Wedekind. Mas o teatro de Nelson era sempre temperado pelo escracho, o deboche, a ironia, a invectiva e até mesmo o ataque pessoal, tão caracteristicamente nacionais. Nelson misturou tempos em mitos, como em *Senhora dos afogados*, onde se fundem citações de Shakespeare com o mito grego de Narciso e o nacional de Moema, nome de uma das personagens da peça e da índia que, apaixonada por Diogo de Albuquerque, o Caramuru, nada atrás de seu navio até se afogar, imortalizada no poema de Santa Rita Durão, "Caramuru".

Todas as peças de Nelson Rodrigues parecem emergir de um mesmo núcleo, onde se misturam os temas da virgindade, do ciúme, do incesto, do impulso à traição, do nascimento, da morte, da insegurança em tempo de transformação, da fraqueza e da canalhice humanas, tudo situado num clima sempre farsesco, porque a paisagem é a de um tempo desprovido de grandes paixões que não sejam as da posse e da ascensão social e em que a busca de todos é, de certa forma, a venalidade ou o preço de todos os sentimentos.

Nesse quadro, vale ressaltar o papel primordial que Nelson atribui às mulheres e sua força, numa sociedade de tradição patriarcal e patrícia como a nossa. Pode-se dizer que em grande parte a "tragédia nacional" que Nelson Rodrigues desenha está contida no destino de suas mulheres, sempre à beira de uma grande transformação redentora, mas sempre retidas ou contidas em seu salto e condenadas a viver a impossibilidade.

Em seu teatro, Nelson Rodrigues temperou o exercício do realismo cru com o da fantasia desabrida, num resultado sempre provocante. Valorizou, ao mesmo tempo, o coloquial da linguagem e a liberdade da imaginação cênica. Enfrentou seus infernos particulares: tendo apoiado o regime de 1964, viu-se na contingência de depois lutar pela libertação de seu filho, feito prisioneiro político. A tudo enfrentou com a coragem e a resignação dos grandes criadores.

CRÉDITOS DAS IMAGENS

Imagem da capa:
Otto Stupakoff/ Acervo Instituto Moreira Salles.

Página 10: Nelson Rodrigues ataca de ator como tio Raul na temporada de estreia de *Perdoa-me por me traíres*, dirigida por Leo Jusi. Na foto, ele está nos braços de Sonia Oiticica (mãe). Teatro Municipal do Rio de Janeiro, 1957. (Acervo Cedoc/Funarte)

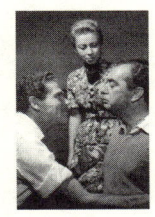

Página 42: Em *Perdoa-me por me traíres*, o exasperado Gilberto (Glaucio Gill) agride o irmão Raul (Nelson Rodrigues). Judite (Maria de Nazareth) observa. Teatro Municipal do Rio de Janeiro, 1957. (Acervo Cedoc/Funarte)

Página 82: A atriz Patrícia Gordo, do Círculo dos Comediantes, no papel de Glorinha, na montagem de *Perdoa-me por me traíres* dirigida por Marco Antônio Braz em 1993, no Centro Cultural São Paulo. (Foto de Lenise Pinheiro)

Página 106: *Revista do Rádio* (ano X, nº 407), de 29/06/1957, anuncia a estreia de Nelson Rodrigues como ator na peça *Perdoa-me por me traíres*, de sua autoria.

Página 124-125: Reportagem de Waldemir Paiva sobre a recepção da peça *Perdoa-me por me traíres*. *Revista do Rádio* (ano X, nº 411), 27/07/1957. (Fotos de Hélio Brito)

Texto de WALDEMIR PAIVA
Fotos de HÉLIO BRITO

A estréia de "Perdoa-me por me traíres", de Nelson Rodrigues, provocou os mais apaixonados debates já verificados ùltimamente no teatro brasileiro. A platéia dividiu-se entre vaias e aplausos. Homem afeito à polêmica, antes de defender-se Nelson Rodrigues acusa os seus detratores:

— Fui vaiado na estréia e compreendi a manifestação. Os que se enfurecem contra "Perdoa-me por me traíres" são venais que se reconhecem nos problemas psicológicos da minha peça. Reagem contra a própria imagem. Orai por êles!

Durante muito tempo os críticos que não gostavam das peças de Nelson Rodrigues preferiram silenciar. Dessa vez, entretanto, entraram no debate não poupando tanto o autor como a sua obra. A êles Nelson Rodrigues responde, escrevendo de próprio punho essas declarações:

— Graças a "Perdoa-me por me traíres" desembaracei-me, afinal, de várias admirações intoleráveis. Exemplo: o sr. Gustavo Dória, que inúmeras vêzes assacou contra mim elogios deprimentes Chamava-me de o "maior autor brasileiro". O elogio em si seria ótimo. Mas, o escárnio decorria da sua profunda e irremediável falta de autoridade. Com que direito um bôbo carregado de guizos pode chamar alguém de "maior" ou "menor"? Outro: o sr. Paulo Frances, débil mental evidente, que por várias vêzes apontou-me como o "mais importante autor brasileiro". Outro ou outra: a sra. Luiza Barreto Leite, doméstica, prêsa de frustrações convulsivas, que me asfixiava com sua tôrva admiração. Agora, os três se voltam, felizmente, contra mim. Graças a Deus! Eis a verdade: salvo poucas exceções, a

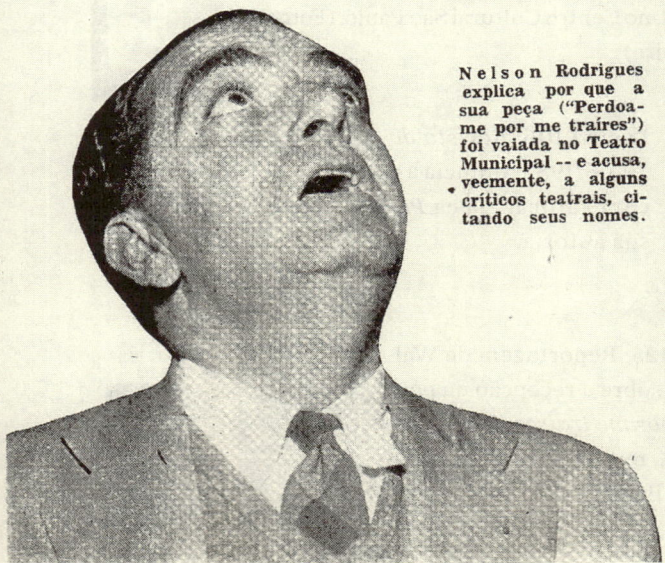

Nelson Rodrigues explica por que a sua peça ("Perdoa-me por me traíres") foi vaiada no Teatro Municipal — e acusa, veemente, a alguns críticos teatrais, citando seus nomes.

CRÍTICOS DE TEATRO ARRASADOS POR NELSON RODRIGUES

nossa crítica é o quê? A "gang" da estupidez. O sr. Gustavo Dória age sob o estímulo dos seus interêsses de tradutor e autor hipotético. Exijo que os "zebus" da crítica removam de mim uma admiração que me enxovalhava.

— E sôbre a ameaça de interdição da peça?

— Se fizessem isso eu deixaria, imediatamente, de ser brasileiro. Aliás, que melancolia ser autor ou diretor brasileiro, numa terra em que a maioria dos críticos lambe os sapatos dos diretores e autôres estrangeiros, como cadelinhas amestradas.

Em "Perdoa-me por me traíres" Nelson Rodrigues estreou como ator. Disse que não pôde resistir aos vários convites dos amigos. Mostrou-se plenamente satisfeito com o rendimento que deram à sua peça. E acentuou:

— Não quero terminar sem dizer que a direção de Léo Gusi é magistral; o elenco inexcedível na sua dedicação e fidelidade à peça; a produção de Gláucio Gil um exemplo também, de amor ao teatro.

O autor que estreou também como ator, em cenas da sua discutida peça, que tanta celeuma vem provocando.

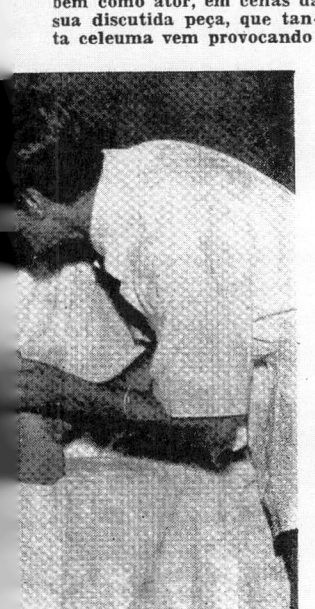

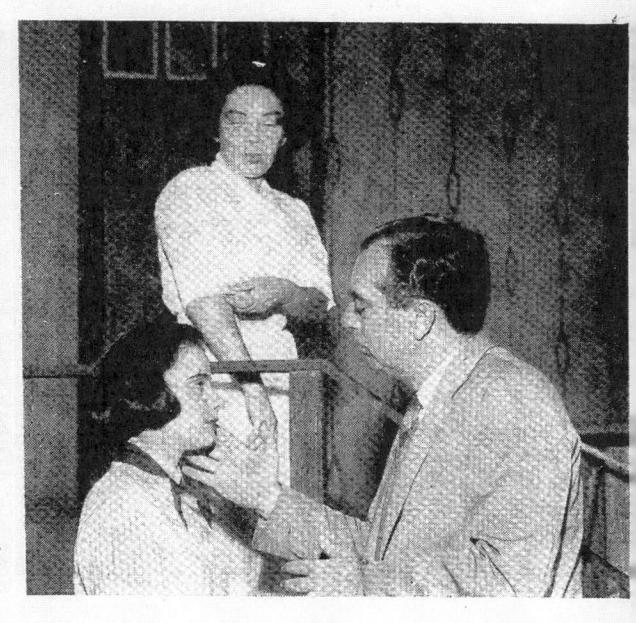

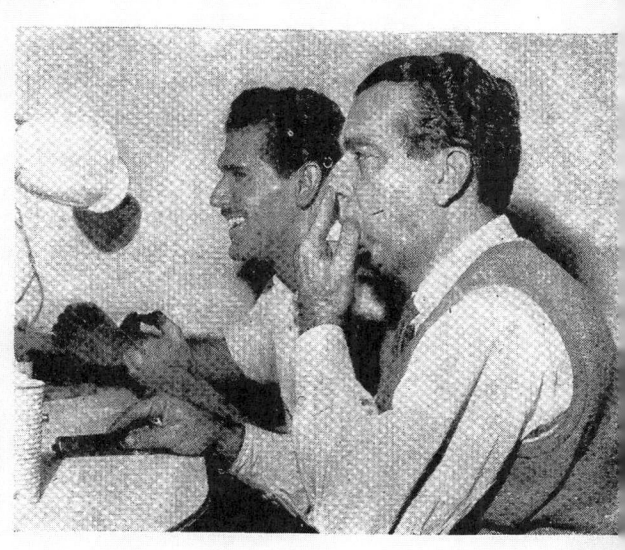